THE LEGENDARY
MOONLIGHT
SCULPTOR
KIM Taehyung LEE Dokyong NAM Heesung
1
KBOOKS

THE LEGENDARY MOONLIGHT SCULPTOR

- SOMMAIRE -

PERSONNAGES

SURKA
IRENE
PAYLE
ROMUNA
RODIAS LE SAGE
L'INSTRUCTEUR

THE LEGENDARY
MOONLIGHT SCULPTOR

PROLOGUE

Der Vogel kämpft sich aus dem Ei.
L'oiseau cherche à se dégager de l'œuf.

Das Ei ist die Welt.
L'œuf est le monde.

Wer geboren werden will,
muss eine Welt zerstören.
Celui qui veut naître,
doit détruire un monde.

*NDT : traduction de Denise Riboni pour l'édition Stock, 1946.

DANS LES JEUX VIDÉO,
LE BIEN ET LE MAL N'EXISTENT PAS.

TOUT N'EST QU'UNE QUESTION DE CHOIX !

THE LEGENDARY
MOONLIGHT SCULPTOR

CHAPITRE 01

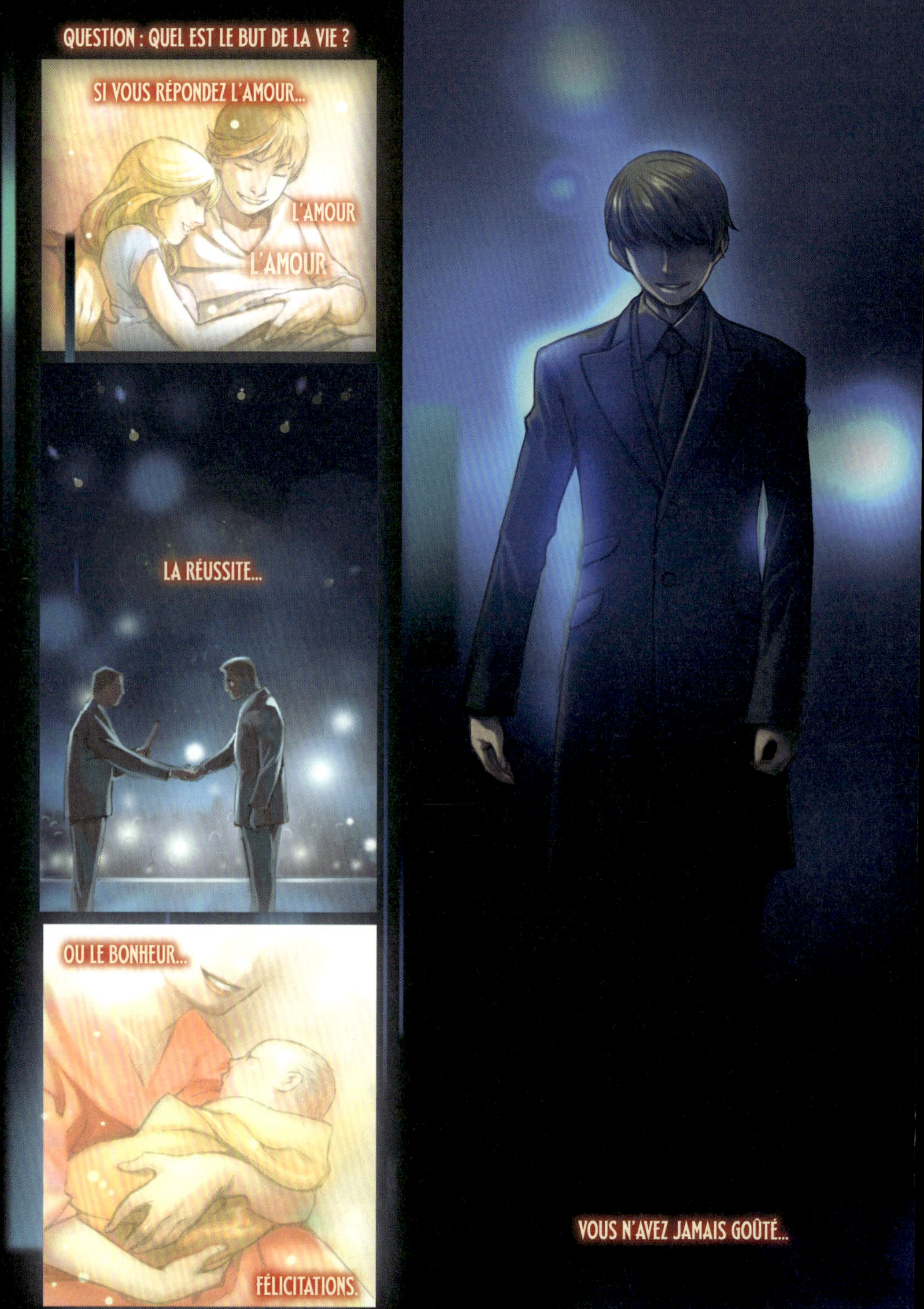
QUESTION : QUEL EST LE BUT DE LA VIE ?
SI VOUS RÉPONDEZ L'AMOUR...
L'AMOUR
L'AMOUR
LA RÉUSSITE...
OU LE BONHEUR...
FÉLICITATIONS.
VOUS N'AVEZ JAMAIS GOÛTÉ...

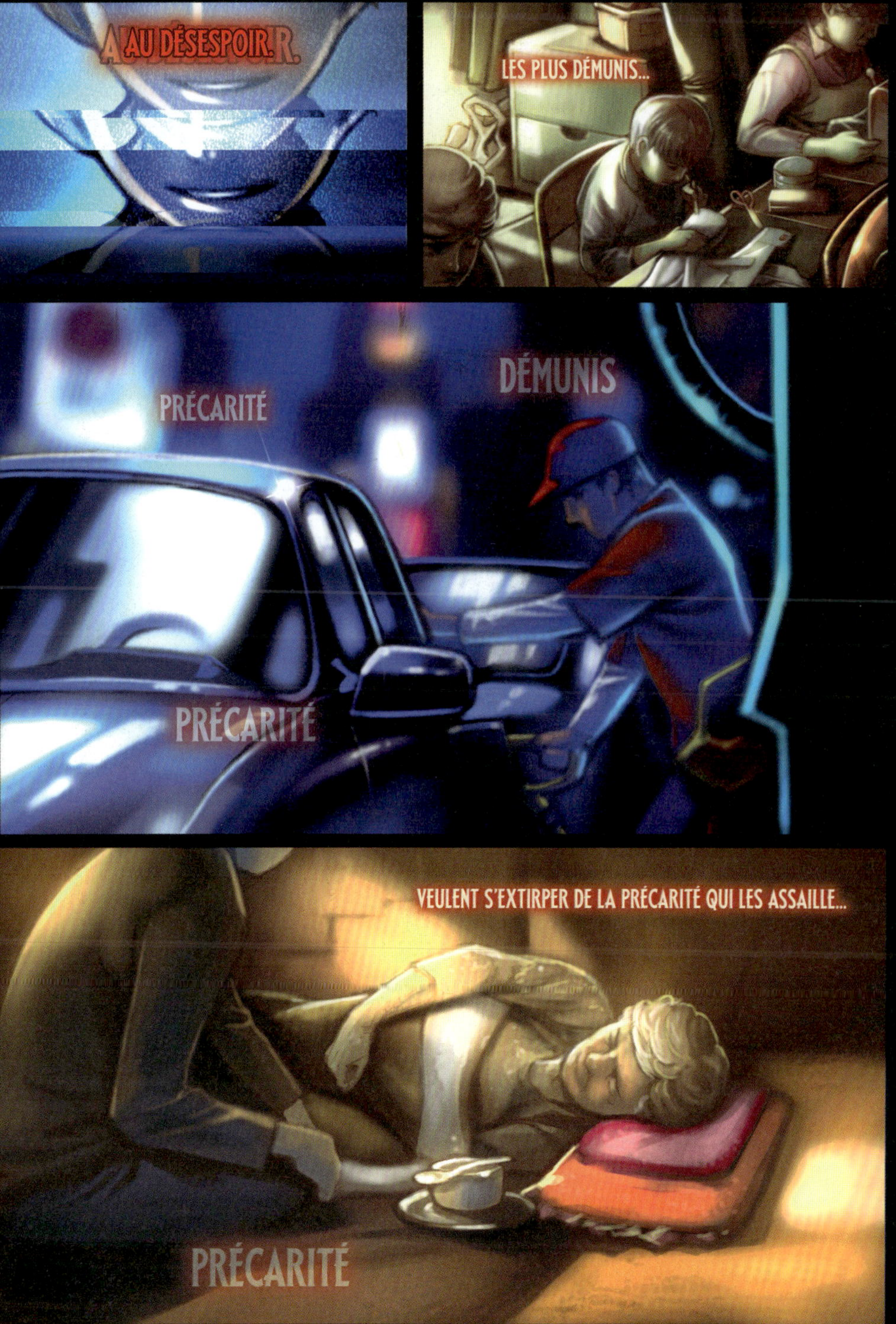
AU DÉSESPOIR.
LES PLUS DÉMUNIS...
PRÉCARITÉ
DÉMUNIS
PRÉCARITÉ
VEULENT S'EXTIRPER DE LA PRÉCARITÉ QUI LES ASSAILLE...
PRÉCARITÉ

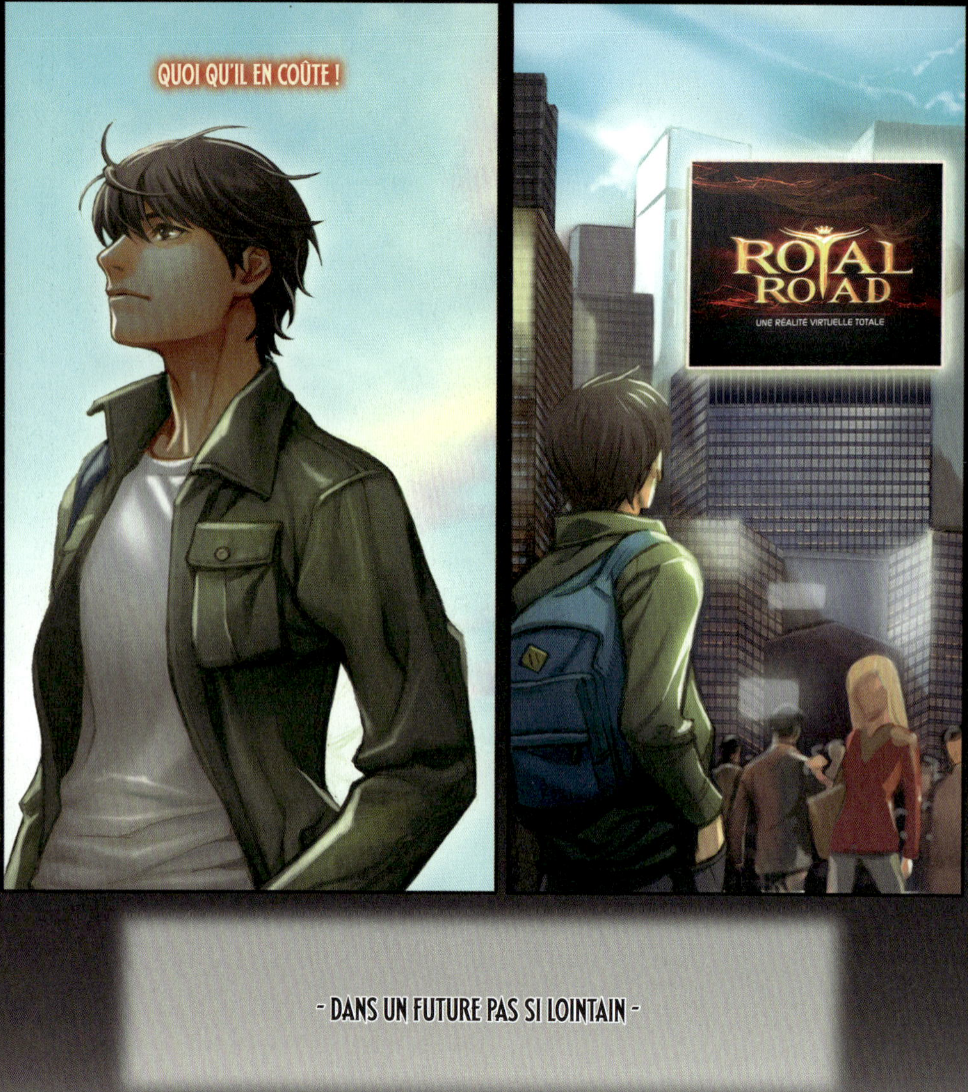
QUOI QU'IL EN COÛTE !
ROYAL ROAD
UNE RÉALITÉ VIRTUELLE TOTALE
- DANS UN FUTURE PAS SI LOINTAIN -

ROYAL ROAD...
ROYAL ROAD
UNE RÉALITÉ VIRTUELLE TOTALE LE MEILLEUR JEU DE TOUS LES TEMPS ARRIVE ! ROYAL ROAD !
LA VOIE POUR DEVENIR ROI ! UN MONDE OÙ LES RÊVES DEVIENNENT RÉALITÉ ! ROYAL ROAD, LE MEILLEUR JEU DE TOUS LES TEMPS...
PFF. C'EST PAS COMME SI CE JEU POUVAIT ME RAPPORTER DE L'ARGENT.
HIN
ROYAL ROAD
UNE RÉALITÉ VIRTUELLE TOTALE
LA VOIE POUR DEVENIR ROI !

JE SUIS RENTRÉ !
CRIII
TU TE SENS MIEUX, MAMIE ?
HYUN, TE VOILÀ !
KOF
NE TE LÈVE PAS, MÉNAGE TON DOS.
TOUT S'EST BIEN PASSÉ ?
TADAM ! J'AI ENFIN REÇU MON CERTIFICAT DE SANTÉ !

C'EST UNE BONNE NOUVELLE ?
ET COMMENT !
AVEC ÇA, JE VAIS POUVOIR TRAVAILLER LÉGALEMENT.
MAINTENANT QUE JE SUIS ADULTE, IL EST TEMPS DE TROUVER UN VRAI BOULOT.
AU FAIT, OÙ EST HYEYEON ?
ELLE N'EST TOUJOURS PAS RENTRÉE. JE ME DEMANDE SI ELLE NE CÔTOIE PAS DES VOYOUS DU QUARTIER...
NE T'EN FAIS PAS, IL NE VA RIEN LUI ARRIVER.
TU ES SON SEUL ET UNIQUE FRÈRE. FAIS ATTENTION À ELLE.
PROMIS...

GRIII
BIP
WIING
DÈS DEMAIN, JE VAIS DEVOIR CHERCHER DU TRAVAIL ET ME PRÉPARER AUX ENTRETIENS D'EMBAUCHE...
EN ATTENDANT, JE PEUX BIEN LANCER UNE PETITE PARTIE.
CONTINENT OF MAGIC
ID : W...
PW
MON IDENTIFIANT... WEED.

*NDT : environ 6 555 euros.

ALLEZ !
JE LE VENDS !
CLIC
METTRE EN VENTE
[ENCHÈRE EN COURS]
GUERRIER DE COM
NIV. 1 000 (NIV. MAX)
ATTAQUES PAR SECONDE (APS) : 5.36
PROBABILITÉ DE COUP CRITIQUE : + 26 %
DÉGÂTS CRITIQUES : + 100 %
BOUCLIER
PROBABILITÉ DE BLOQUER : 78 %
RÉDUCTION DES DÉGÂTS : 57 %
RÉSISTANCE AU FROID : 35

*NDT : environ 69 euros.

TIENS ? C'EST QUOI, ÇA ?
AUTEUR : WEED
GUERRIER NIV. MAX DE CONTINENT OF MAGIC
JETEZ UN ŒIL DANS L'INVENTAIRE, VOUS Y TROUVEREZ D'AUTRES ÉQUIPEMENTS POUR L'ARMURE. TOUTES SES STATISTIQUES SONT AU MAX. JE LE VENDS PARCE QUE JE N'AI PLUS LE TEMPS DE JOUER. CI-DESSOUS, DES CAPTURES D'ÉCRAN POUR PLUS DE DÉTAILS. J'AI LOOTÉ CETTE ARMURE DANS LA QUÊTE SPÉCIALE DE LA VALLÉE DE LAVE.
QUE DES ITEMS RARES, ET IL VEND ÇA UNE BOUCHÉE DE PAIN ?
JACKPOT !
ALL SOFT
CHEF !
CHEF, VENEZ VOIR !
LE MEILLEUR PERSONNAGE DE NOTRE JEU EST AUX ENCHÈRES !
IL S'APPELLE "WEED" ?
OUI ! C'EST LE JOUEUR LE PLUS FORT DE CONTINENT OF MAGIC !

CE TYPE EST DEVENU UNE LÉGENDE...
TU M'EN DIRAS TANT...
CLAC
BIEN !
ON SE LANCE !
DOUBLEZ L'OFFRE ACTUELLE... NON, MULTIPLIEZ-LA PAR VINGT !
SI CES ENCHÈRES FONT PARLER D'ELLES, ÇA NOUS FERA UN SACRÉ COUP DE COM' !
ET ÇA NOUS ÉVITERA DE DÉBOURSER UNE FORTUNE POUR DES PUBS !
ENVOYEZ UNE NOTIFICATION À TOUS NOS MEILLEURS JOUEURS !
1 030 000
VOUS VOULEZ DIRE NOS MEMBRES VVIP, LES MULTI-PROPRIÉTAIRES ? ENTENDU !

*NDT : environ 990 euros. **NDT : environ 2 085 euros.

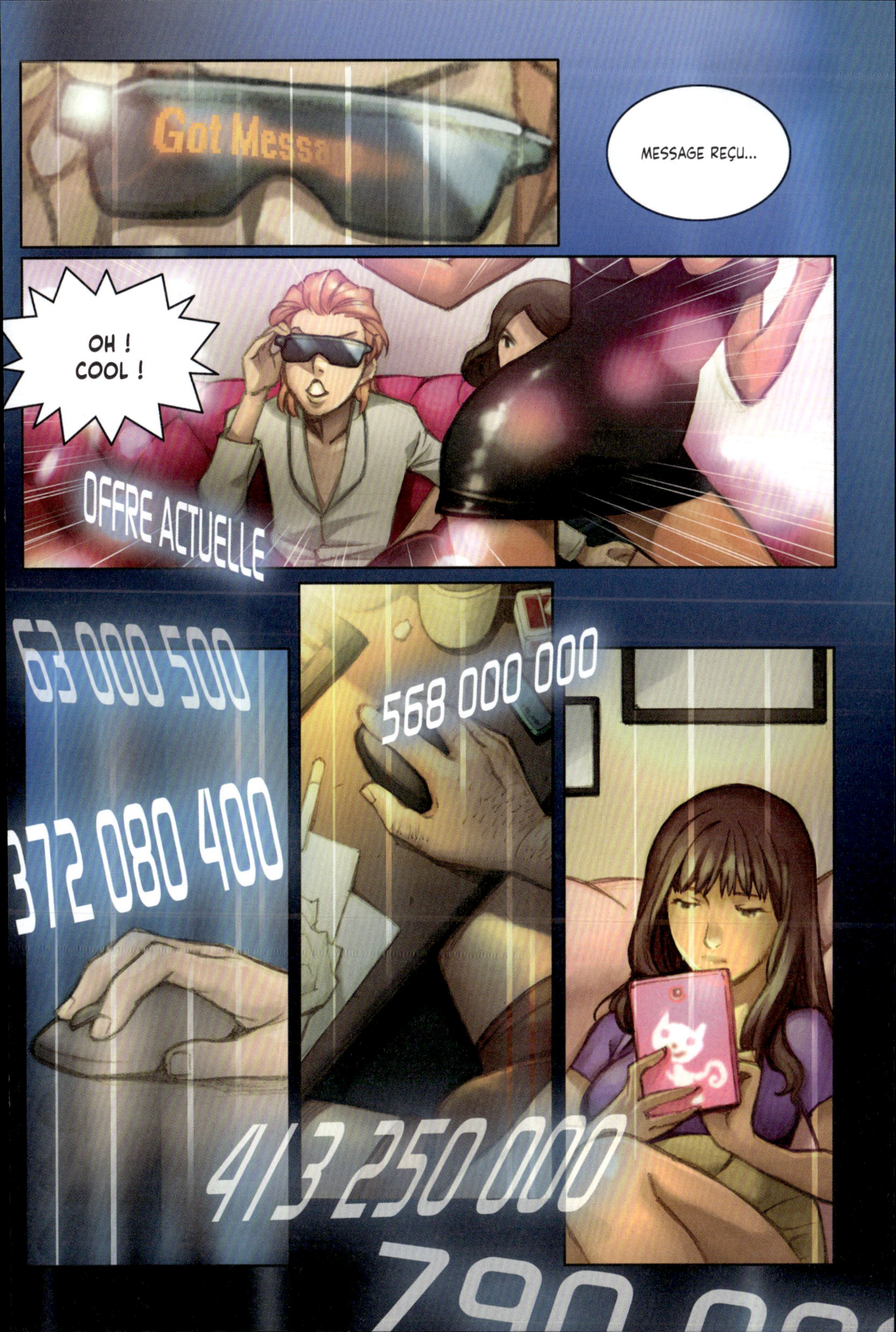
MESSAGE REÇU...
OH ! COOL !
OFFRE ACTUELLE
63 000 500
568 000 000
372 080 400
413 250 000

CELUI-CI EST POUR MOI !*
*NDT : en chinois dans le texte.
OFFRE ACTUELLE
000 000 000
2 950 900 000
3 000 000 000
ENCHÈRES TERMINÉES.

*NDT : environ 200 euros. **NDT : environ 2,1 millions d'euros.

ALLÔ ?
VOUS ÊTES TOUJOURS...
TUT
FWIP
FICHUS CANULARS !
ILS N'ONT PAS MIEUX À FAIRE, FRANCHEMENT ?
TAC
TAC
HEIN ?
FÉLICITATIONS POUR VOTRE VENTE.
ENCHÈRES TERMINÉES.
LE MONTANT DE LA VENTE S'ÉLÈVE À 3,09 MILLIARDS DE WONS
[HORS TAXES ET FRAIS DE TRANSACTION].
POUR ACCEPTER L'OFFRE, CLIQUEZ SUR LE BOUTON [VALIDER].
POUR LA REFUSER, CLIQUEZ SUR LE BOUTON [ANNULER LA TRANSACTION].
EN CAS D'ANNULATION, NOUS VOUS FACTURERONS 30 %
DU PRIX D'ADJUDICATION.
QU... QUOI ?
CLIC
CLIC

FÉLICITATIONS POUR VOTRE VENTE.
3 090 000 000 WONS
BABOUM
BABOUM
BABOUM
C'EST SÉRIEUX ?!

THE LEGENDARY
MOONLIGHT SCULPTOR

CHAPITRE 02

PLUS DE 3 MILLIARDS DE WONS ? C'EST UNE SOMME ASTRONOMIQUE !
ÇA DEVRAIT M'AIDER À... NON...
ÇA VA ME CHANGER LA VIE !

ON POURRA QUITTER CE TAUDIS OÙ LE TOIT FUIT ET OÙ L'EAU A UN GOÛT DE ROUILLE.
ON POURRA PRENDRE LE BUS LORSQU'ON AURA LES BRAS CHARGÉS ET MAL AUX JAMBES.
TANT QUE J'Y SUIS, JE POURRAI M'ACHETER UN VÉLO TOUT ÉQUIPÉ.
ET MÊME ME FAIRE LIVRER DU POULET !
COMME TOUT LE MONDE...
ON POURRA COMMANDER UNE ASSIETTE DE PORC EN PLUS DE NOS NOUILLES.

ET PUIS...
SURTOUT...
JE N'AURAI PLUS HONTE D'ÊTRE PAUVRE ET JE NE SERAI PLUS JALOUX DES AUTRES...
MAMIE ET HYEYEON NON PLUS.

ES-TU SÛR QU'ON PEUT SE LE PERMETTRE ?
JE T'AI DIT QU'ON ÉTAIT TIRÉS D'AFFAIRE.
ON VA POUVOIR LOUER UN APPARTEMENT CORRECT, COMME TOUT LE MONDE.
REGARDE !
J'AI 3 MILLIARDS DE WONS ! 3,09 MILLIARDS, EXACTEMENT !
À NOTRE TOUR D'ÊTRE HEUREUX, MAMIE !

TU AS RAISON !
RÉJOUISSONS-NOUS !
CLAP CLAP
QUELLE SCÈNE TOUCHANTE ! J'EN AI LES LARMES AUX YEUX !
CLAP CLAP
QUI EST-CE ?

LEE HYUN ! T'AS QUELQUE CHOSE À FÊTER, ON DIRAIT !
TOI !

ÇA FAISAIT UN BAIL. TU T'SOUVIENS DE MOI ?
VOUS N'ÊTES PAS AUTORISÉS À ÊTRE ICI !
ENCORE CES ORDURES...
L'HEURE EST VENUE DE NOUS RENDRE LE FRIC QUE VOUS NOUS DEVEZ !
MÊME SI, DANS CE MONDE, LA PAUVRETÉ N'EST PAS UN CRIME...

S'ENDETTER EN EST UN.
LEE HYUN
ET UN CRIMINEL...
HYUN ! REMBOURSE TES DETTES, PAR PITIÉ ! L'ÉCOLE EST À BOUT !
N'A PAS D'AMIS...
NI DE RÉPIT.
CLOCHARD
SALE VAURIEN ! REVIENS LÀ !

QUE FAITES-VOUS ICI ?
JOUE PAS AU CON AVEC MOI. C'EST ÉVIDENT.
ON VIENT RÉCUPÉRER LE POGNON QUE TON PÈRE A EMPRUNTÉ.
IL PARAÎT QUE T'AS ENFIN CE QU'IL FAUT !
SOIT ! JE VAIS TE REMBOURSER !
C'EST COMBIEN ?
TU ME TUTOIES, MAINTENANT ?
BON, JE LAISSE COULER POUR CETTE FOIS. TU LE VAUX BIEN...
TU VAS NOUS RAPPORTER 3 MILLIARDS DE WONS !

*NDT : environ 70 000 euros.

EXPLIQUE-LUI LA SITUATION...
AU LIEU DE NOUS FAIRE PERDRE DU TEMPS.
À VOS ORDRES, CHEF ! DÉSOLÉ !
FWIT
TON PATERNEL S'EST ENGAGÉ À PAYER UN TAUX D'INTÉRÊT ANNUEL DE 50 %, PLUS LES FRAIS ADDITIONNELS.
S'AJOUTENT À ÇA LES INTÉRÊTS COMPOSÉS QUI FONT MONTER L'ADDITION À UN PEU PLUS DE 3 MILLIARDS DE WONS.
JETTE UN COUP D'ŒIL AU CONTRAT SI TU ME CROIS PAS.
SI SEULEMENT ON AVAIT PAS MANQUÉ LA DATE BUTOIR DE RENONCIATION À LA SUCCESSION... OU ALORS, J'AURAIS DÛ ME DÉCLARER NON-SOLVABLE ?

C'EST BON, T'AS PIGÉ ? ALORS RABOULE L'ARGENT.
FIGURE-TOI QU'ON EST AU COURANT DE TES PETITES ENCHÈRES.
ET SI JE REFUSE ?
À TA GUISE !
ON N'AURA QU'À REPASSER DEMAIN.
SAUF QUE LES INTÉRÊTS NE VONT FAIRE QUE S'ACCUMULER.
MAIS J'Y PENSE ! T'AS UNE PETITE SŒUR, NON ?
TU TE DOUTES BIEN QU'ON S'EMBARRASSE PAS TOUJOURS DE LA LOI, DANS CE MÉTIER.

HUFF HUFF
HYUN ! MAMIE !
HYEYEON !!

AH !
OUH LÀ, BEAUTÉ EN VUE !
T'ES ASSEZ MIGNONNE POUR ÊTRE VENDUE SUR UNE DE NOS ÎLES.
TU FAIS MÊME PARTIE DU HAUT DU PANIER. JE RECHIGNERAIS PRESQUE À ME SÉPARER DE TOI...
GNAP
PAS VRAI, HYUN ?
JE VOUS LES DONNE, VOS 3 MILLIARDS !
C'EST D'ACCORD !
FINISSONS-EN.
MAIS À L'AVENIR, NE VOUS APPROCHEZ PLUS JAMAIS DE MA FAMILLE !

*NDT : environ 62 000 euros.

AFFAIRE PLIÉE, CHEF !
UNE SECONDE !
J'AI QUELQUE CHOSE À DIRE
QUOI ENCORE, GAMIN ?
UN JOUR VIENDRA OÙ VOUS ME LE PAIEREZ.

MAINTENANT QUE JE VOUS AI REMBOURSÉS...
JE ME VENGERAI DE CE QUE VOUS NOUS AVEZ FAIT SUBIR DURANT TOUTES CES ANNÉES !

THE LEGENDARY
MOONLIGHT SCULPTOR

CHAPITRE 03

LE JOUR VIENDRA OÙ VOUS ME LE PAIEREZ.
MAINTENANT QUE JE VOUS AI REMBOURSÉS...
JE ME VENGERAI DE CE QUE VOUS NOUS AVEZ FAIT SUBIR DURANT TOUTES CES ANNÉES !
SALE MORVEUX ! ON DIRAIT QUE T'AS PAS BIEN PIGÉ LA SITUATION !
LAISSE.
TU TE FATIGUES POUR RIEN.
MAIS CHEF...
NE FAIS PAS D'HISTOIRES. NOUS SOMMES DANS UN HÔPITAL.
FWIP
TU AS LE SANG CHAUD, DIS-MOI...

JE SUIS HAN JINSEOB, DE MYEONG-DONG. UN PARI, ÇA TE DIT ?
UN PARI ?
?!
WOUSH
CROIS-TU QUE CETTE IMPÉTUOSITÉ TE SERVIRA DANS LE VRAI MONDE ?
SI CE QUI S'EST PASSÉ AUJOURD'HUI TE PARAÎT INJUSTE... JE TE LAISSE CINQ ANS POUR RÉCOLTER 3 MILLIARDS DE WONS DE PLUS.
ALORS, C'EST MOI QUI T'APPELLERAI "CHEF ".
MAIS SEULEMENT SI T'Y ARRIVES.

ALLONS-NOUS-EN.
WIP
OUI, CHEF !
3 MILLIARDS...
EN CINQ ANS.
GRAND FRÈRE !
ARRIVERAI-JE DE NOUVEAU À RASSEMBLER AUTANT D'ARGENT ?

EN RE-
VANCHE...
05 : 00
SI J'AI RÉUSSI
UNE FOIS, JE PEUX
RECOMMENCER !
08 : 00

10 : 00
SI JE NE SUIS PAS PRÉPARÉ...
12 : 37
MA CHANCE RISQUE DE ME PASSER SOUS LE NEZ.
13 : 10
NAPOLÉON.
15 : 20
07 : 10

09 : 40
13 : 00
15 : 10
11 : 00
19 : 50
21 : 00
POUR CERTAINS, LES JEUX VIDÉO NE SERVENT QU'À S'AMUSER.
ROYAL ROAD
A TOTAL VIRTUAL REALITY
1 : 30
23 : 00
RÉALITÉ VIRTUELLE
LES RÈGLES DU JEU
RÉALITÉ VIRTUELLE : LES RÈGLES DU JEU

PAS
POUR MOI !
ROYAL
ROAD

HUFF
HUFF
UN AN A PASSÉ. DEPUIS CE JOUR-LÀ, J'AVANCE EN GARDANT LES YEUX RIVÉS SUR L'AVENIR.
J'AI FAIT TOUT CE QUE JE POUVAIS DANS LE MONDE RÉEL POUR ME PRÉPARER AU MIEUX.
HUFF
À PARTIR DE DEMAIN...
HUFF

AAAH !
FWOUUUSH
ZLIIING
TAP

BANG
HOP LÀ !
TAP
PFIOU ! C'EST PAS PASSÉ LOIN. C'EST PAS LE MOMENT D'ATTERRIR À L'HÔPITAL EN ESPÉRANT UN DÉDOMMAGEMENT DE L'ASSURANCE.
QUELLE CONDUITE IMPRUDENTE, AVEC CE TEMPS.
FRSH
FRSH
BON ! JE SUIS PRÊT !

ET PARÉ À GAGNER DE L'ARGENT EN JOUANT !
ARGH ! MA NOUVELLE VOITURE !

32
L'INSTALLATION EST TERMINÉE ! AUCUN PROBLÈME À SIGNALER.
NOUS L'AVONS DÉJÀ CONNECTÉE AU SERVEUR, ELLE EST PRÊTE À ÊTRE UTILISÉE.
UNICON
POUR LE RESTE, RÉFÉREZ-VOUS AU MANUEL.
MERCI BEAUCOUP.
ROYAL RO
GUIDE
MANUAL
UNI
TAP
PFIOU...
ON Y EST.

*NDT : environ 7 000 euros.

BON ! POUR LE MOMENT, TOUT SE DÉROULE COMME PRÉVU.
TCHAC
WOOONG
C'EST PARTI !
UNICON
ALORS, J'ENFILE ÇA...?

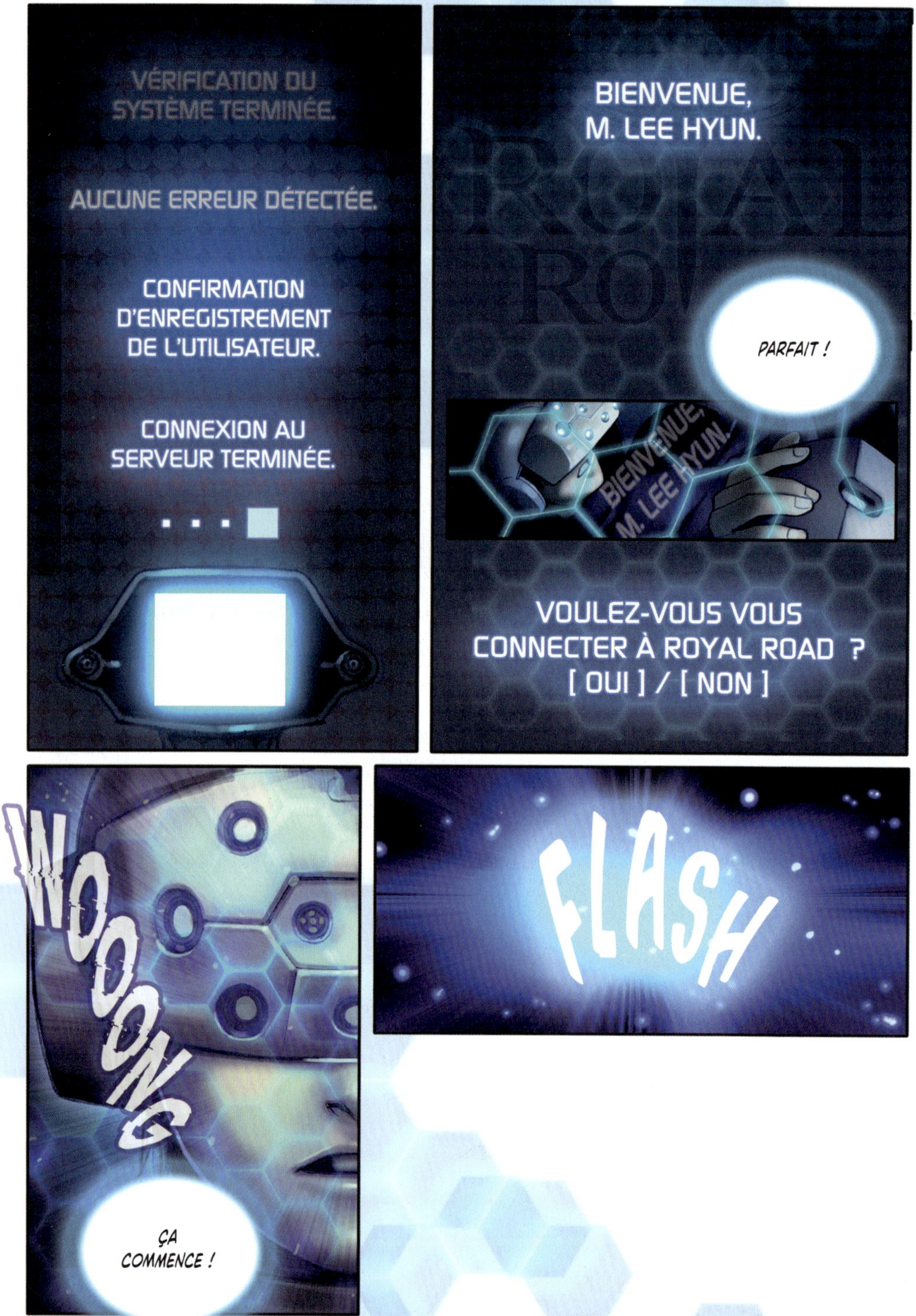
VÉRIFICATION DU SYSTÈME TERMINÉE.
AUCUNE ERREUR DÉTECTÉE.
CONFIRMATION D'ENREGISTREMENT DE L'UTILISATEUR.
CONNEXION AU SERVEUR TERMINÉE.
BIENVENUE, M. LEE HYUN.
PARFAIT !
BIENVENUE, M. LEE HYUN.
VOULEZ-VOUS VOUS CONNECTER À ROYAL ROAD ? [OUI] / [NON]
WOOONG
ÇA COMMENCE !
FLASH

CONNEXION !
SHHH

FLAAASH
ALORS C'EST ÇA...

ROYAL ROAD ?!

THE LEGENDARY
MOONLIGHT SCULPTOR

CHAPITRE 04

QU'EST-CE QUE LA RÉALITÉ VIRTUELLE ?
SCANS RÉTINIENS ET SANGUINS TERMINÉS. UTILISATEUR NON IDENTIFIÉ. VOULEZ-VOUS CRÉER UN COMPTE ?
WOOOOOONG
OUI !

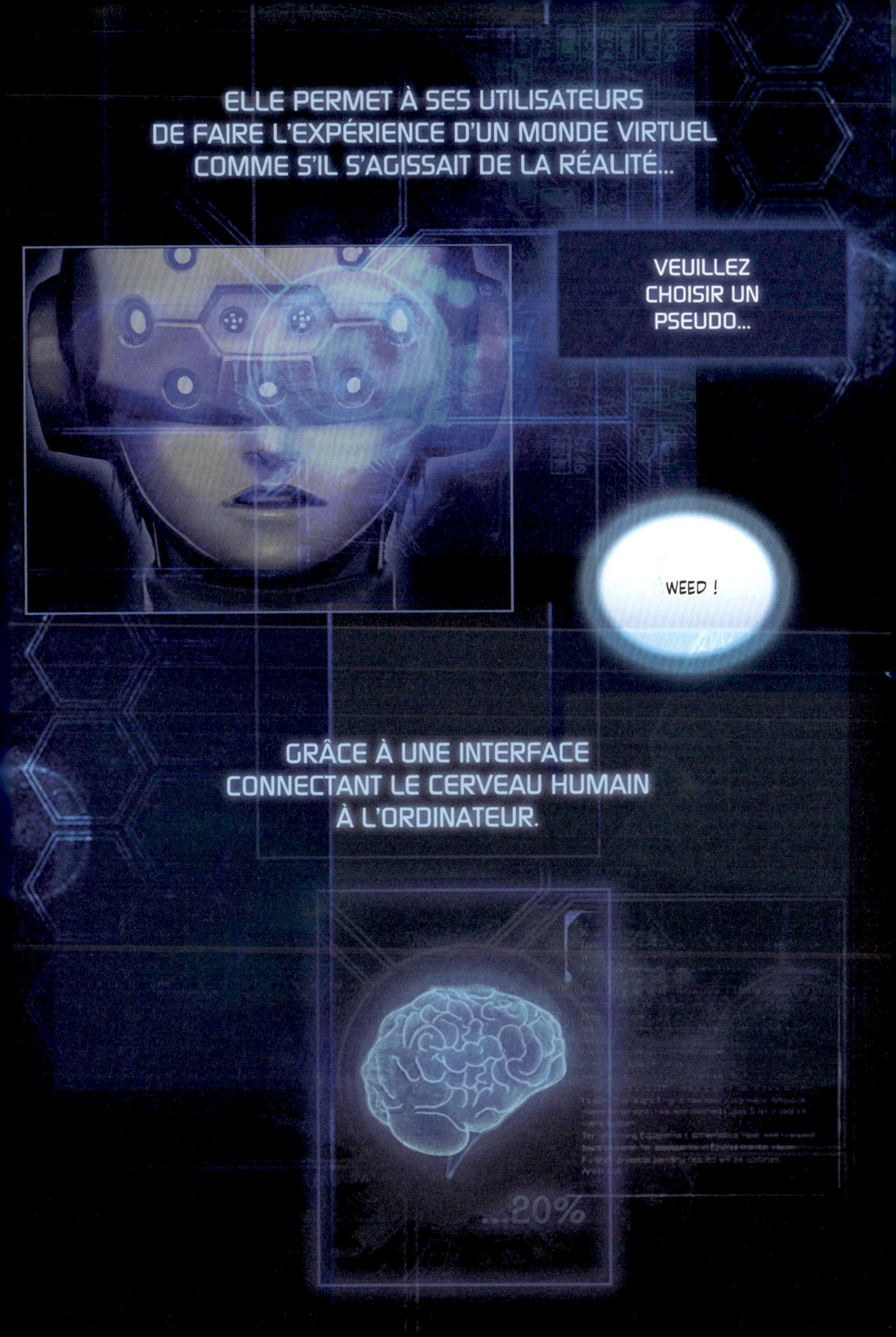
ELLE PERMET À SES UTILISATEURS DE FAIRE L'EXPÉRIENCE D'UN MONDE VIRTUEL COMME S'IL S'AGISSAIT DE LA RÉALITÉ...
VEUILLEZ CHOISIR UN PSEUDO...
WEED !
GRÂCE À UNE INTERFACE CONNECTANT LE CERVEAU HUMAIN À L'ORDINATEUR.
...20%

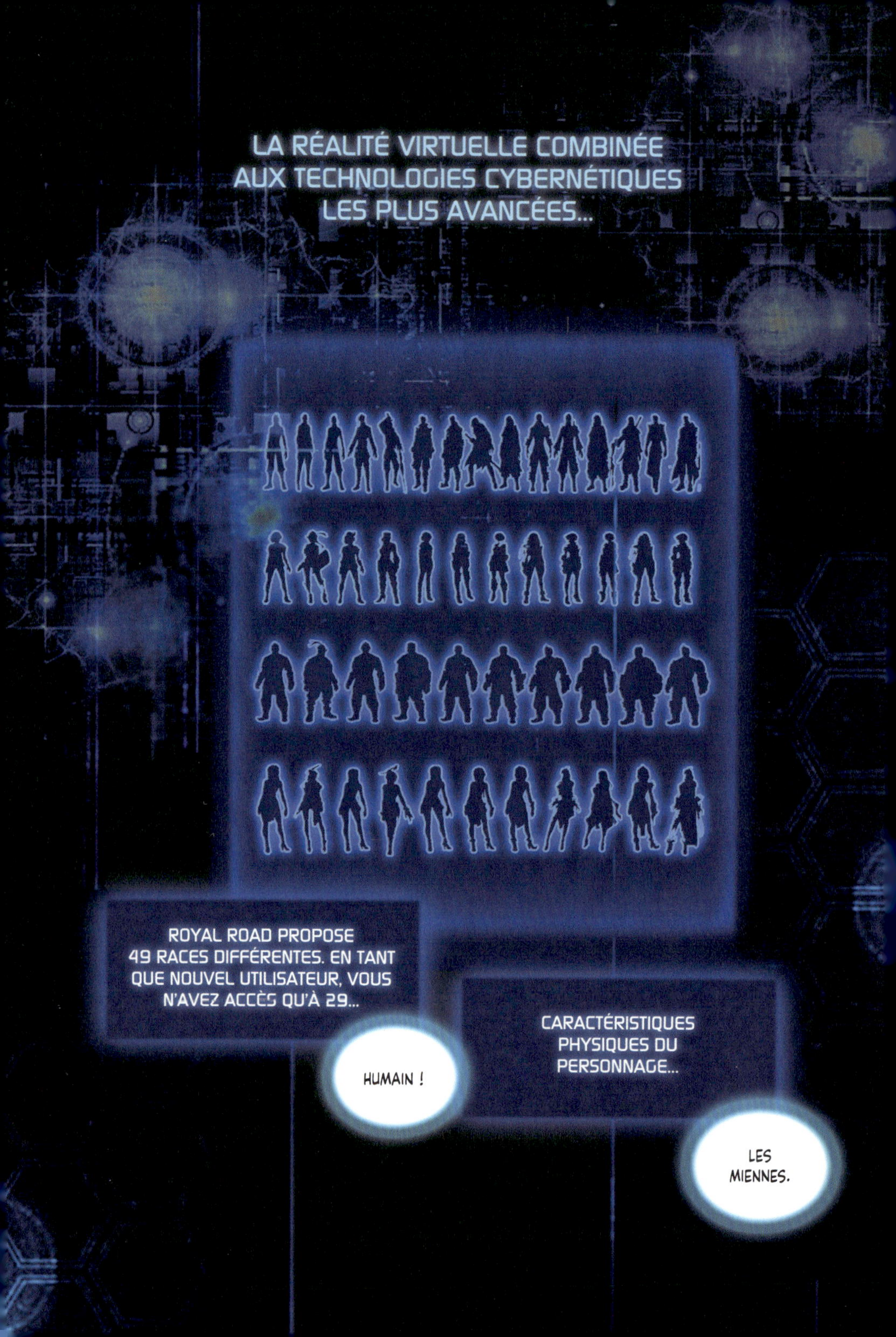
LA RÉALITÉ VIRTUELLE COMBINÉE AUX TECHNOLOGIES CYBERNÉTIQUES LES PLUS AVANCÉES...
ROYAL ROAD PROPOSE 49 RACES DIFFÉRENTES. EN TANT QUE NOUVEL UTILISATEUR, VOUS N'AVEZ ACCÈS QU'À 29...
HUMAIN !
CARACTÉRISTIQUES PHYSIQUES DU PERSONNAGE...
LES MIENNES.

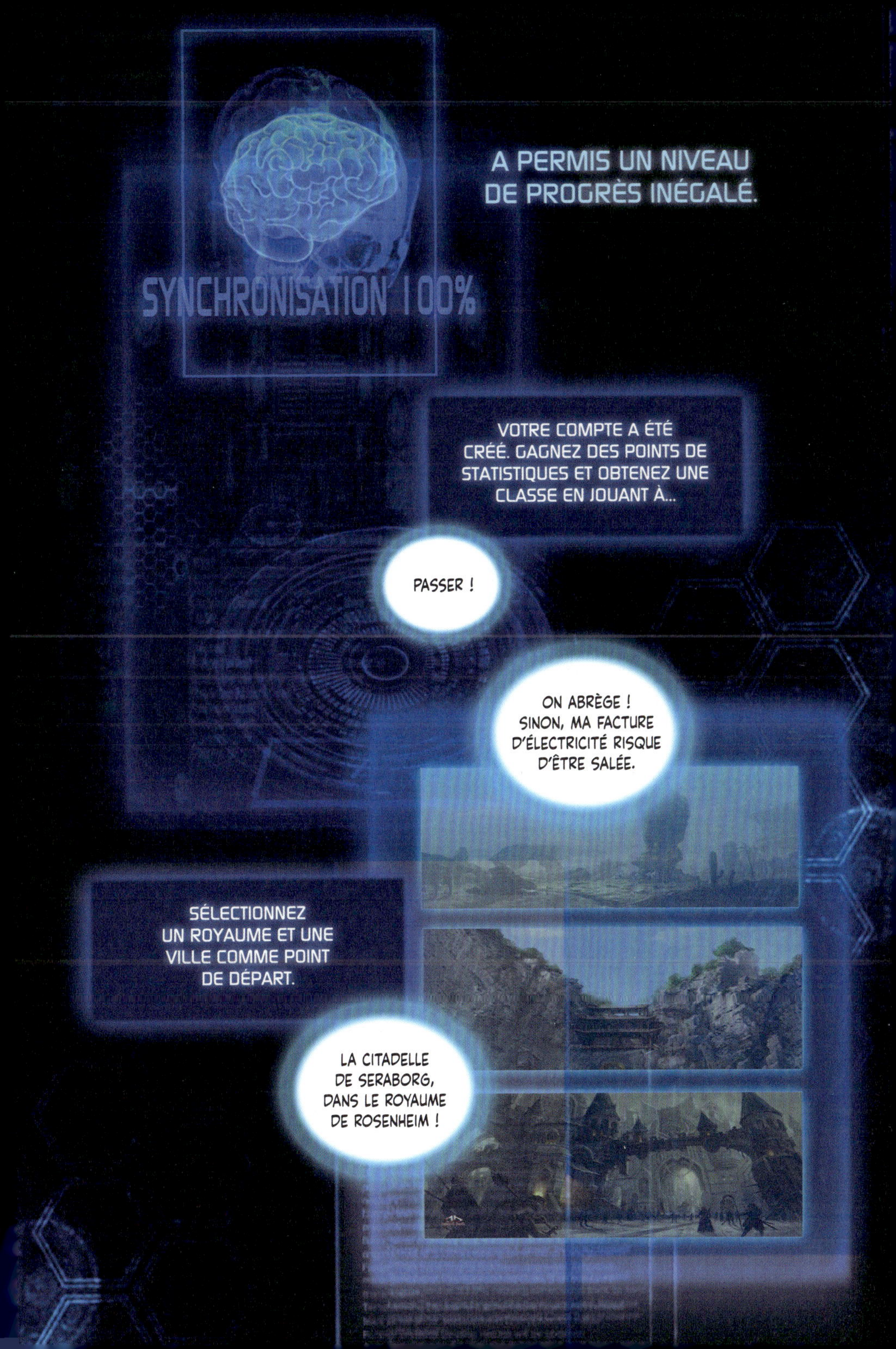

SYNCHRONISATION 100%
A PERMIS UN NIVEAU DE PROGRÈS INÉGALÉ.
VOTRE COMPTE A ÉTÉ CRÉÉ. GAGNEZ DES POINTS DE STATISTIQUES ET OBTENEZ UNE CLASSE EN JOUANT À...
PASSER !
ON ABRÈGE ! SINON, MA FACTURE D'ÉLECTRICITÉ RISQUE D'ÊTRE SALÉE.
SÉLECTIONNEZ UN ROYAUME ET UNE VILLE COMME POINT DE DÉPART.
LA CITADELLE DE SERABORG, DANS LE ROYAUME DE ROSENHEIM !

CE MONDE EN RÉALITÉ VIRTUELLE...
PARTEZ À L'AVENTURE DANS ROYAL...
PASSER !

IL S'AGIT...
ACCÉDER À ROYAL ROAD !

FLAAASH
D'UNE AUTRE RÉALITÉ.
NOUS Y VOILÀ...

JE NE PEUX PAS VOUS LE FAIRE À MOINS QUE ÇA.
ALLEZ, C'EST TROP CHER !
AU SUJET DE LA QUÊTE QU'ON M'A CONFIÉE...
ELLE COÛTE COMBIEN, CETTE ÉPÉE ?
JE VENDS UN OUVRAGE DE MAGIE TROUVÉ DANS LE DONJON DE MELBORNE...
VRAIMENT ? JE DEVRAIS ALLER FAIRE UN TOUR DANS CE DONJON POUR AUGMENTER MES STATS, ALORS.
ON FAIT ÉQUIPE, SI TU VEUX. AVEC DEUX COÉQUIPIERS DE PLUS, ON POURRA DÉCOLLER DEMAIN.
ROYAUME DE ROSENHEIM
CITADELLE DE SERABORG
BROUAHAH
BROUAHAH

JE SUIS BIEN DANS ROYAL ROAD ! CE MONDE EN RÉALITÉ VIRTUELLE...
SERA MON NOUVEAU LIEU DE TRAVAIL !
ON VA COMMENCER PAR S'ÉTIRER UN PEU.
WOUSH
HYAA !
HOP !
HA !
FWOUSH

QU'EST-CE QU'IL FOUT ?
BLA BLA
ÇA A L'AIR D'ÊTRE SA PREMIÈRE FOIS EN RÉALITÉ VIRTUELLE.
VU SES FRINGUES, C'EST UN BLEU.
TE MOQUE PAS, TOUT LE MONDE FAIT PAREIL LA PREMIÈRE FOIS.
ADMETTONS. MAIS PAS DEVANT AUTANT DE GENS.
HA HA, QUEL RINGARD !
AHEM
EUH... J'AI RENDEZ-VOUS AILLEURS...
JE SAIS DÉJÀ OÙ ALLER !
TERRAIN D'ENTRAÎNEMENT BASIQUE

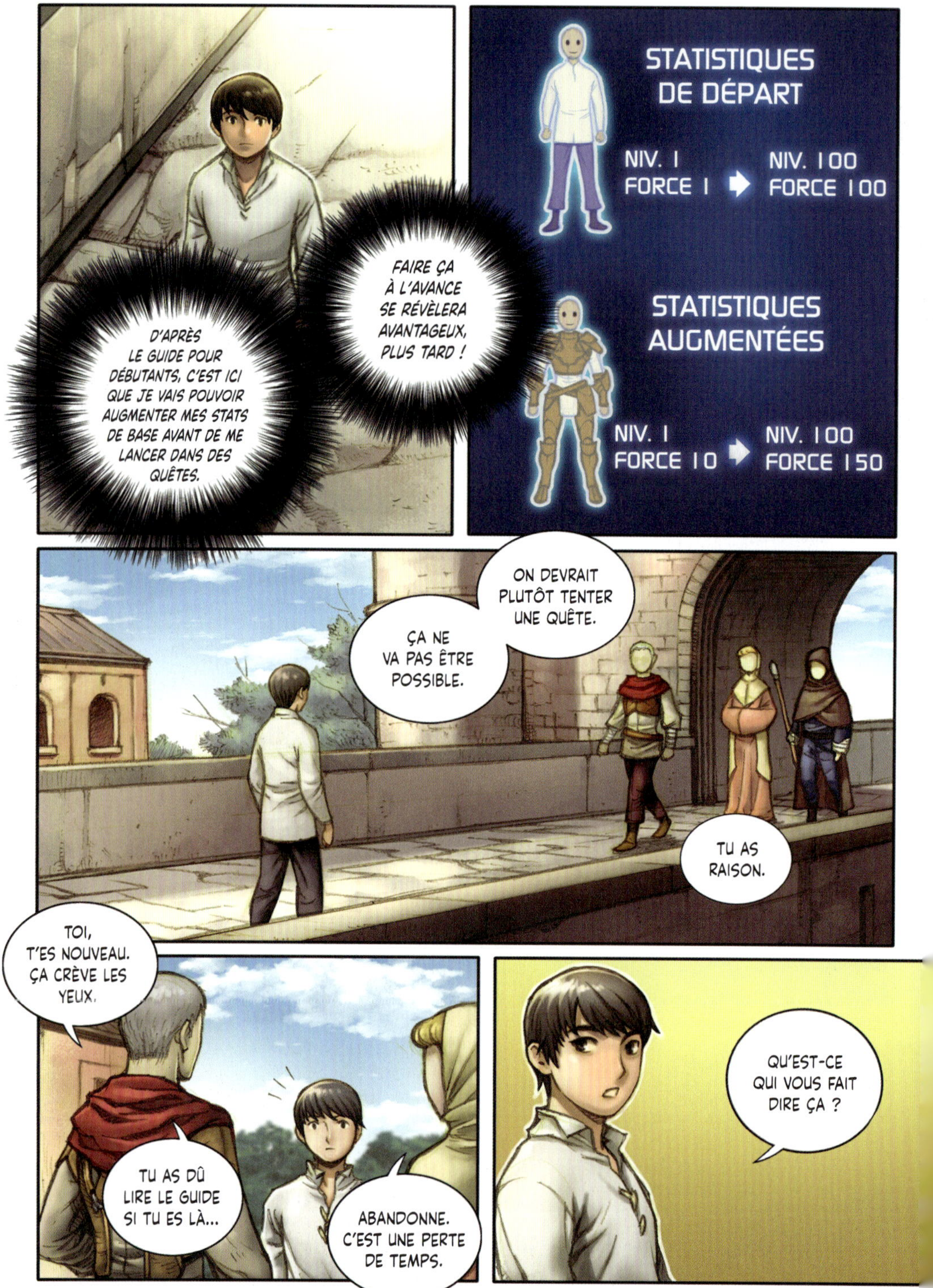
D'APRÈS LE GUIDE POUR DÉBUTANTS, C'EST ICI QUE JE VAIS POUVOIR AUGMENTER MES STATS DE BASE AVANT DE ME LANCER DANS DES QUÊTES.
FAIRE ÇA À L'AVANCE SE RÉVÈLERA AVANTAGEUX, PLUS TARD !
STATISTIQUES DE DÉPART
NIV. 1 FORCE 1
NIV. 100 FORCE 100
STATISTIQUES AUGMENTÉES
NIV. 1 FORCE 10
NIV. 100 FORCE 150
ON DEVRAIT PLUTÔT TENTER UNE QUÊTE.
ÇA NE VA PAS ÊTRE POSSIBLE.
TU AS RAISON.
TOI, T'ES NOUVEAU. ÇA CRÈVE LES YEUX.
TU AS DÛ LIRE LE GUIDE SI TU ES LÀ...
ABANDONNE. C'EST UNE PERTE DE TEMPS.
QU'EST-CE QUI VOUS FAIT DIRE ÇA ?

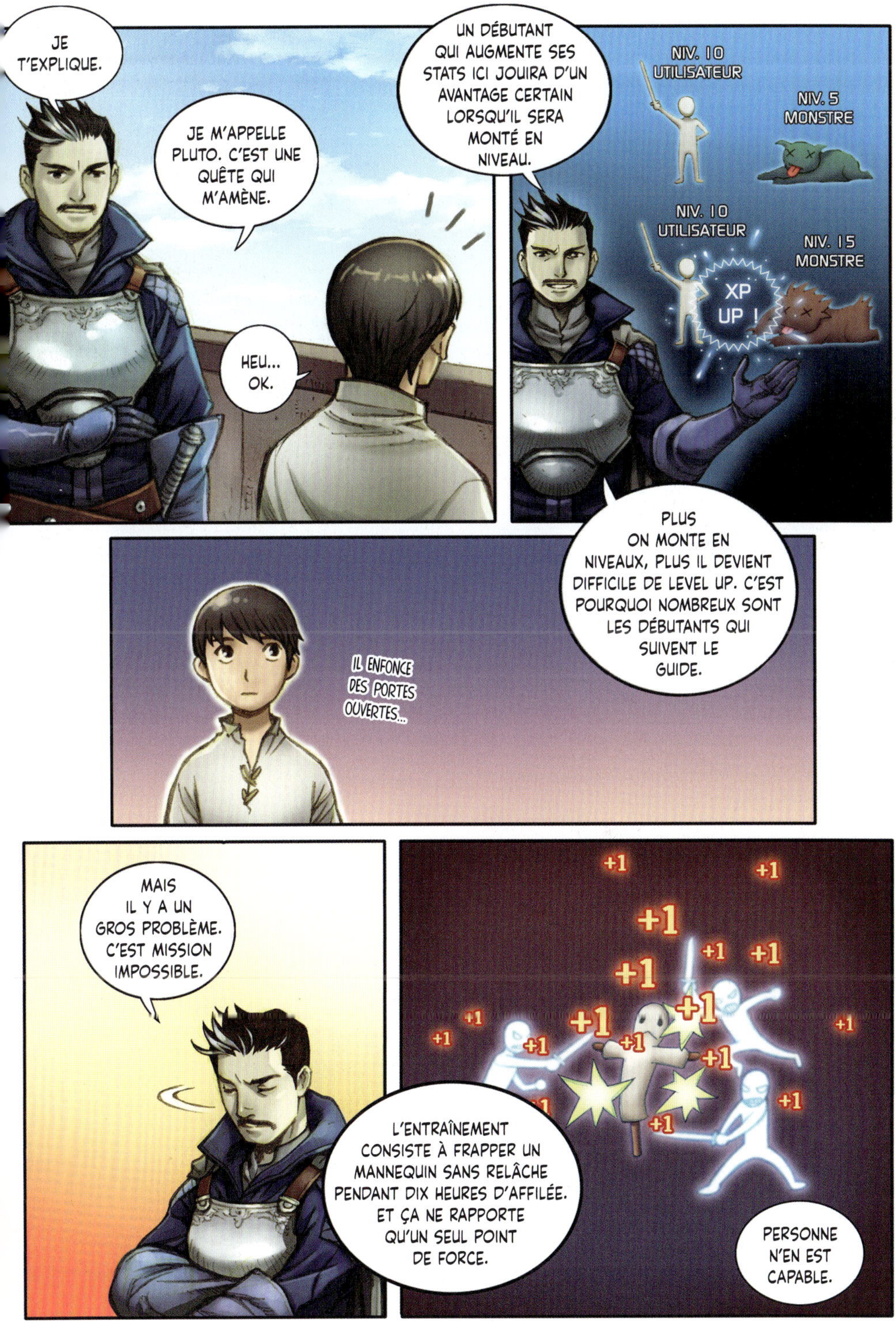
JE T'EXPLIQUE.
JE M'APPELLE PLUTO. C'EST UNE QUÊTE QUI M'AMÈNE.
HEU... OK.
UN DÉBUTANT QUI AUGMENTE SES STATS ICI JOUIRA D'UN AVANTAGE CERTAIN LORSQU'IL SERA MONTÉ EN NIVEAU.
NIV. 10 UTILISATEUR
NIV. 5 MONSTRE
NIV. 10 UTILISATEUR
NIV. 15 MONSTRE
XP UP !
PLUS ON MONTE EN NIVEAUX, PLUS IL DEVIENT DIFFICILE DE LEVEL UP. C'EST POURQUOI NOMBREUX SONT LES DÉBUTANTS QUI SUIVENT LE GUIDE.
IL ENFONCE DES PORTES OUVERTES...
MAIS IL Y A UN GROS PROBLÈME. C'EST MISSION IMPOSSIBLE.
+1
L'ENTRAÎNEMENT CONSISTE À FRAPPER UN MANNEQUIN SANS RELÂCHE PENDANT DIX HEURES D'AFFILÉE. ET ÇA NE RAPPORTE QU'UN SEUL POINT DE FORCE.
PERSONNE N'EN EST CAPABLE.

IL A RAISON ! C'EST HUMAINEMENT IMPOSSIBLE.
QUI A EU L'IDÉE D'UN TRUC PAREIL ?
POURQUOI, IMPOSSIBLE ?
J'IMAGINE QU'EN THÉORIE, ÇA NE L'EST PAS.
MAIS C'EST COMME DIRE QU'IL SUFFIT DE FAIRE DU SPORT POUR PERDRE DU POIDS. EN PRATIQUE, CE N'EST PAS SI SIMPLE.
ON PARIE QUE J'Y ARRIVE, MOI ?
T'ES PRÊT À FRAPPER CE MANNEQUIN PENDANT PLUS DE DIX HEURES, NON-STOP ?
RÊVE TOUJOURS !
C'EST PEINE PERDUE !
HA

SI DIX HEURES VALENT 1 POINT, JE VAIS LE FRAPPER VINGT HEURES PAR JOUR PENDANT LES 20 PROCHAINS JOURS POUR UN TOTAL DE 400 HEURES, SOIT 40 POINTS !
HA HA ! INTÉRESSANT. LE PARI, NON MERCI. J'AI UNE QUÊTE QUI M'ATTEND. MAIS JE VAIS T'AIDER UN PEU.
DING
J'AI PRESQUE VIDÉ MON INVENTAIRE EN PRÉVISION DE CETTE QUÊTE, MAIS...
DING
AH, VOILÀ.
50
TIENS, DU PAIN D'ORGE. MÊME DANS UN JEU, ON A BESOIN DE MANGER.
WIP
MERCI BIEN !
50

SUR CE.
GRINDER*, C'EST TROP DUR ? PEUH !
IL N'Y A RIEN DE PLUS SIMPLE.
ET PUIS... ÇA PERMET DE SE VIDER L'ESPRIT.

TCHAC
TAC
VLAN
LE DÉSESPOIR QUI ACCOMPAGNE LA PAUVRETÉ…
LA RANCŒUR QUE J'AI ACCUMULÉE À FORCE D'ÊTRE HARCELÉ PAR MES CRÉANCIERS…

J'OUBLIE TOUT !
RAH !
HYAA !
C'EST QUI, CE TYPE ?
IL EST TENACE.
HAA !
UGH !
LUI ET CE MANNEQUIN N'ONT PAS L'AIR COPAINS, EN TOUT CAS...
IL EST COMPLÈTEMENT TARÉ.

HAAA...
HAA...
DING
DING
PFF... ÇA VA MOINS VITE QUE JE PENSAIS.
STATISTIQUE "COMBATIVITÉ" CRÉÉE
STATISTIQUE "ENDURANCE" CRÉÉE
EST-CE QUE ÇA VAUT LE COUP DE CONTINUER À PERDRE DU TEMPS EN MASSACRANT CES MANNEQUINS ?
ENDURANCE
FORCE : 28
AGILITÉ : 25
LES DÉGÂTS DE LA MAÎTRISE DE L'ÉPÉE AUGMENTENT DE 130 %.
J'AI PARIÉ QUE J'Y ARRIVERAIS...
TIENS ? ÇA SENT BON...
SNIF
SNIF
HÉ HÉ HÉ !
TROUVÉ !

COUCOU, MONSIEUR L'INSTRUCTEUR !
FWIP
FWIP
FWIP
JE TE RECONNAIS...
WEED, C'EST ÇA ?
TU VOULAIS ME PARLER ?
AHEM
JE SUIS JUSTE VENU VOUS TENIR COMPAGNIE. C'EST TRISTE DE MANGER SEUL...
TU DOIS AVOIR FAIM. ASSIEDS-TOI, ON VA PARTAGER !
CE N'ÉTAIT PAS MON BUT... MAIS JE VOUS REMERCIE !
OUAH ! ÇA FAISAIT UN BAIL QUE JE N'AVAIS RIEN AVALÉ D'AUTRE QUE DU PAIN D'ORGE !

ET JE NE BOIS PLUS QUE DE L'EAU PLATE. ENFIN QUELQUE CHOSE QUI A DU GOÛT !
...
WEED...
J'AI UNE QUESTION À TE POSER.
À MOI ?
ALLEZ-Y, JE VOUS ÉCOUTE.
QUE PENSES-TU DE LA SCULPTURE ?
LA SCULPTURE ?
LA SCULPTURE DE QUOI ?

THE LEGENDARY MOONLIGHT SCULPTOR

CHAPITRE 05

COMME CELLES-CI ?
IL PARLE DES STATUES DES MUSÉES ?
OUPS, FAUT PAS POUSSER.
EXACTEMENT. JE SUIS CURIEUX DE CONNAÎTRE TON AVIS.
L'INSTRUCTEUR NE JURE QUE PAR L'ÉPÉE, DONT L'APPRENTISSAGE DOIT S'ACCOMPAGNER D'UN ENTRAÎNEMENT RIGOUREUX. D'OÙ SORT CETTE QUESTION ?
S'AGIRAIT-IL D'UNE QUÊTE ?!
OH ?
QU'EST-CE QU'UNE QUÊTE ?
IL S'AGIT D'UNE OPÉRATION LORS DE LAQUELLE LES JOUEURS REÇOIVENT DES MISSIONS À ACCOMPLIR SELON CERTAINES CONDITIONS, ET À L'ISSUE DESQUELLES ILS SONT RÉCOMPENSÉS SOUS LA FORME DE POINTS D'EXPÉRIENCE, D'ITEMS OU D'ARGENT.

CES QUÊTES SPÉCIALES ET IMPRÉVUES SONT SUPER RARES, ET LEURS RÉCOMPENSES SÛREMENT LOIN D'ÊTRE NÉGLIGEABLES...
QUE DOIS-JE RÉPONDRE POUR QU'IL M'EN PROPOSE UNE ?
ZIEUTE
QUE LA SCULPTURE ME PLAÎT ? OU BIEN...
JE SUIS UN BRETTEUR DANS L'ÂME, MOI. LA SCULPTURE ? AUCUN INTÉRÊT !
ÇA N'EN VAUT PAS LA PEINE.
JE VAIS D'ABORD ESSAYER DE ME FAIRE DÉSIRER.
BRAVO ! TU AS LA TREMPE D'UN MAÎTRE DE L'ÉPÉE !
CLAP
CLAP
CLAP
PARFAITEMENT ! POURQUOI EST-CE QU'UN AFFICIONADO DE L'ÉPÉE PERDRAIT SON TEMPS AVEC ÇA ?
YEAH
OUF ! J'AVAIS VU JUSTE, C'ÉTAIT UN TEST ! HEUREUSEMENT, J'AI DONNÉ LA BONNE RÉPONSE.

MAIS POURQUOI CETTE QUESTION ?
EH BIEN...
LA LÉGENDE RACONTE QU'UN MAÎTRE SCULPTEUR EST PARVENU À SCULPTER LE CLAIR DE LUNE.
J'Y CROIS PAS UNE SECONDE. SCULPTER UN TRUC PAREIL, C'EST IMPOSSIBLE.
UN CAILLOU, À LA LIMITE...
C'EST AUSSI CE QUE JE PENSE.
MAIS JE TIENS CETTE HISTOIRE DE MESSIRE MELLINUM, L'UN DES CHEVALIERS DE LA CITADELLE. ÇA ME LAISSE PERPLEXE.
J'AIMERAIS QUE TU ENQUÊTES LÀ-DESSUS POUR MOI. JE TE FAIS CONFIANCE.
[LE MYSTÉRIEUX SCULPTEUR APPARU À LA COUR]
LA RUMEUR RACONTE QU'IL Y A CINQUANTE ANS, UN MAÎTRE SCULPTEUR APPARU À LA COUR DU ROYAUME DE ROSENHEIM AURAIT SCULPTÉ LE CLAIR DE LUNE. DÉCOUVREZ SI CETTE RUMEUR EST VRAIE OU FAUSSE !
NIVEAU DE DIFFICULTÉ : E
CONTRAINTES DE LA QUÊTE : ÊTRE PROCHE DE L'INSTRUCTEUR ET N'AVOIR AUCUNE EXPÉRIENCE EN MATIÈRE DE SCULPTURE. VOUS DEVEZ AVOIR GAGNÉ LA CONFIANCE DE L'INSTRUCTEUR EN LUI TÉMOIGNANT VOTRE PASSION POUR L'ÉPÉE.
DING
AVIS DE QUÊTE
CHOUETTE !

ÇA TOMBE À PIC. J'AI BESOIN D'ARGENT POUR MANGER.
LE NIVEAU DE DIFFICULTÉ EST PLUTÔT BAS, ÇA DEVRAIT ÊTRE FACILE.
DING
VOTRE NIVEAU DE SATIÉTÉ EST À 15 %.
MAIS LES CONDITIONS SONT HYPER SPÉCIFIQUES. ÊTRE PROCHE DE L'INSTRUCTEUR ? QUI A EU CETTE IDÉE ?
D'ACCORD.
JE NE CROIS PAS AUX RUMEURS INFONDÉES, MAIS JE VAIS ME PENCHER SUR CELLE-CI.
HUM
VOUS AVEZ ACCEPTÉ LA QUÊTE.
JE TE REMERCIE. TIENS, UN ACOMPTE.
DING
VOUS AVEZ REÇU DEUX PIÈCES D'ARGENT.
2 PIECES D'ARGENT = 200 PIÈCES DE CUIVRE = 66 PAINS D'ORGE ET LES DEUX TIERS D'UN 67E.
FALLAIT PAS !
HOURRA ! JE NE RISQUE PLUS DE MOURIR DE FAIM.

SCULPTURE
DILING
BIENVE...
QUE DÉSIREZ-VOUS ?
BONJOUR.
J'AURAIS QUELQUES QUESTIONS À VOUS PO...
JE SUIS OCCUPÉ. REPASSEZ PLUS TARD.

OH L'AUTRE !
MÊME ICI, ON JUGE AU PORTEFEUILLE.
QUELLE SPLENDIDE SCULPTURE ! NE ME DITES PAS QU'ELLE EST DESTINÉE À LA COUR ROYALE DE ROSENHEIM ?
MAIS PAS QUESTION D'ABANDONNER SI FACILEMENT !
J'IGNORE QUI EST L'ARTISTE, MAIS ON DEVINE SON TALENT.
J'AI BIEN FAIT D'ENTRER. CETTE BOUTIQUE EST UN RÉGAL POUR LES YEUX.
OH, MERCI !
VOUS SEMBLEZ INTÉRESSÉ PAR LA SCULPTURE, JEUNE HOMME.
PFFT
ASSEYEZ-VOUS. VOUS TOMBEZ BIEN, L'ENNUI ME GUETTAIT. MAIS VOUS SEMBLEZ PARTAGER CERTAINS DE MES INTÉRÊTS.
MERCI.
TENEZ, UN VERRE DE THÉ GLACÉ.

15 PIÈCES D'ARGENT
PIÈCES RGENT
30 PIÈCES D'ARGENT
COMME JE LE PENSAIS, LA SCULPTURE, ÇA NE RAPPORTE PAS !
EN FAIT, J'AVAIS UNE QUESTION AU SUJET DE LA SCULPTURE.
IL Y A CINQUANTE ANS, UN HOMME DE LA COUR AURAIT SOI-DISANT SCULPTÉ LE CLAIR DE LUNE. CETTE RUMEUR EST-ELLE VRAIE ?
JE PARIE QUE NON ! C'EST ABSURDE !
AH, ÇA ? C'EST UNE LÉGENDE QUE SE TRANSMETTENT LES SCULPTEURS.
DES MÉCÈNES DE LA COUR M'ONT TOUT DE MÊME RAPPORTÉ LA MÊME ANECDOTE.

AVIS DE QUÊTE
DING
[LE MYSTÉRIEUX SCULPTEUR APPARU À LA COUR]
LA RUMEUR ÉTAIT VRAIE. UN SCULPTEUR A VÉRITABLEMENT TAILLÉ LE CLAIR DE LUNE, EXPLOIT CONNU DE TOUS LES HABITANTS DE LA CAPITALE. MAIS SES MOTIVATIONS RESTENT UNE ÉNIGME.
RÉCOMPENSE DE LA QUÊTE :
RÉCUPÉREZ VOTRE RÉCOMPENSE AUPRÈS DE L'INSTRUCTEUR.
COMME PRÉVU. C'ÉTAIT PÉPÈRE !
HIN
BON, JE VAIS VOUS LAISSER.
ATTENDEZ !
OUI ?
MMH...
J'IGNORE ENCORE COMMENT IL S'Y EST PRIS POUR SCULPTER LE CLAIR DE LUNE.
MAIS COMME CELA SEMBLE LIÉ À SA MAJESTÉ EVANE, LES GENS DE LA COUR REFUSENT DE S'ÉPANCHER DAVANTAGE À CE SUJET.
UNE CHAÎNE DE QUÊTES !
DING
FAITES-MOI UNE FAVEUR ET TIREZ ÇA AU CLAIR, VOULEZ-VOUS ?

[LE PASSÉ DU SCULPTEUR]
D'APRÈS LA RUMEUR, L'APPARITION DU SCULPTEUR À LA COUR SERAIT LIÉE À LA REINE EVANE.
LE PROPRIÉTAIRE DE LA BOUTIQUE DE SCULPTURES S'INTERROGE SUR LA RELATION QU'ILS ENTRETENAIENT.
NIVEAU DE DIFFICULTÉ : E
CONTRAINTES DE LA QUÊTE : SI L'ON APPREND QUE VOUS TENTEZ D'ENQUÊTER SUR CETTE RUMEUR, VOUS VOUS ATTIREREZ L'HOSTILITÉ DES CHEVALIERS ROYAUX.
LÀ ENCORE, LE NIVEAU DE DIFFICULTÉ EST BAS. MAIS UNE CHAÎNE DE QUÊTES PEUT CONDUIRE À UNE GROSSE RÉCOMPENSE.
LA DIFFICULTÉ VA NÉANMOINS S'ACCENTUER AU FIL DES ÉTAPES, ET IL EST POSSIBLE QU'À MON NIVEAU, JE NE SOIS PAS EN MESURE DE TOUTES LES VALIDER.
ACTUELLEMENT, JE PEUX JUSTE INTERROGER LES GENS ET GLANER DES INFORMATIONS.
J'AI BIEN PEUR DE NE PAS EN ÊTRE CAPABLE.
ALLONS. IL VOUS SUFFIT D'ÊTRE PRUDENT ET VOUS Y ARRIVEREZ.
HEIN ?
BON... D'ACCORD.
TAP TAP
DING
VOUS AVEZ ACCEPTÉ LA QUÊTE.
ON ME FORCE À ACCEPTER UNE QUÊTE ? C'EST QUOI, CE JEU ?!

PFF...
IL A PARLÉ DES CHEVALIERS ROYAUX...
JE NE SUIS PAS SUIVI, QUAND MÊME ?
PUB

ON M'A DIT QUE VOUS TRAVAILLIEZ POUR LA REINE EVANE COMME FEMME DE CHAMBRE.
LA REINE EVANE... JE N'AVAIS PLUS ENTENDU CE NOM DEPUIS LONGTEMPS.
VOILÀ DONC LA RAISON DE VOTRE VISITE.
C'ÉTAIT UNE FEMME SAGE ET PLEINE DE GRÂCE.
ET VOUS AIMERIEZ EN SAVOIR PLUS... SUR LE SCULPTEUR DU CLAIR DE LUNE, C'EST CELA ?
EFFECTIVEMENT.

MAIS...
POURQUOI DEVRAIS-JE VOUS RÉVÉLER QUOI QUE CE SOIT ?
PARDON ?
MINCE...

THE LEGENDARY
MOONLIGHT SCULPTOR

CHAPITRE 06

APRÈS TOUT, CETTE HISTOIRE CONCERNE LA REINE CONSORT.
JE VOIS.
BIZARRE. LA QUÊTE S'ARRÊTE DONC ICI ?
NON, PAS QUESTION DE RENONCER MAINTENANT ! LE BARDE QUI M'A FILÉ LE TUYAUX M'A ESCROQUÉ ! JE VEUX RÉCUPÉRER MON ARGENT !
FROUUUSH

TANT PIS, ALORS...
MERCI DE VOTRE COMPRÉHENSION.
POF POF
VOUS AVEZ LES ÉPAULES RAIDES ? QUE DIRIEZ-VOUS D'UN PETIT MASSAGE ?
VRAIMENT ?
PERMETTEZ-MOI.
GNIP
GNIP
ÇA FAIT DU BIEN...
VOUS ÊTES PLUTÔT DOUÉ.
J'AI L'HABITUDE.

JE MASSAIS SOUVENT MAMIE LORSQU'ELLE AVAIT MAL.
AH ! CE N'EST PAS LE MOMENT DE RÊVASSER !
GNIP
VOUS FAITES JEUNE POUR VOTRE ÂGE. JE PARIE QUE VOUS AVEZ ENCORE LA COTE.
N'EST-CE PAS ?
VILAIN FLATTEUR... HI HI HI.
COMMENÇONS PAR AUGMENTER NOTRE JAUGE D'AMITIÉ.
MOI AUSSI, J'AIMERAIS SAVOIR UNE CHOSE.
QUE PENSEZ-VOUS DE L'ART DE LA SCULPTURE ?
?!

QUE PENSES-TU DE LA SCULPTURE ?
C'EST LA MÊME QUESTION QUE L'AUTRE FOIS !
DANS CE CAS... J'AI DÉJÀ MA RÉPONSE !
PAS GRAND-CHOSE. ÇA NE M'INTÉRESSE PAS PARTICULIÈREMENT.
SURTOUT QUE ÇA NE RAPPORTE RIEN.
AH NON ?
JE VOIS.
RASSEYEZ-VOUS.
JE VAIS ÊTRE HONNÊTE.
!!
JE ME SUIS D'ABORD MÉFIÉE DE VOUS, CRAIGNANT QUE CE NE SOIT LA COUR ROYALE QUI VOUS ENVOIE.
NIVEAU DE DIFFICULTE : C
CONTRAINTES DE LA QUÊTE : SI L'ON APPREND QUE VOUS TENTEZ D'ENQUÊTER SUR CETTE RUMEUR, VOUS VOUS ATTIREREZ
...ES CHEVALIERS ROYAUX.
J'AI ENTENDU DIRE QUE LA COUR CHERCHAIT À ÉTOUFFER LA RUMEUR EN FAISANT TAIRE LES GENS.

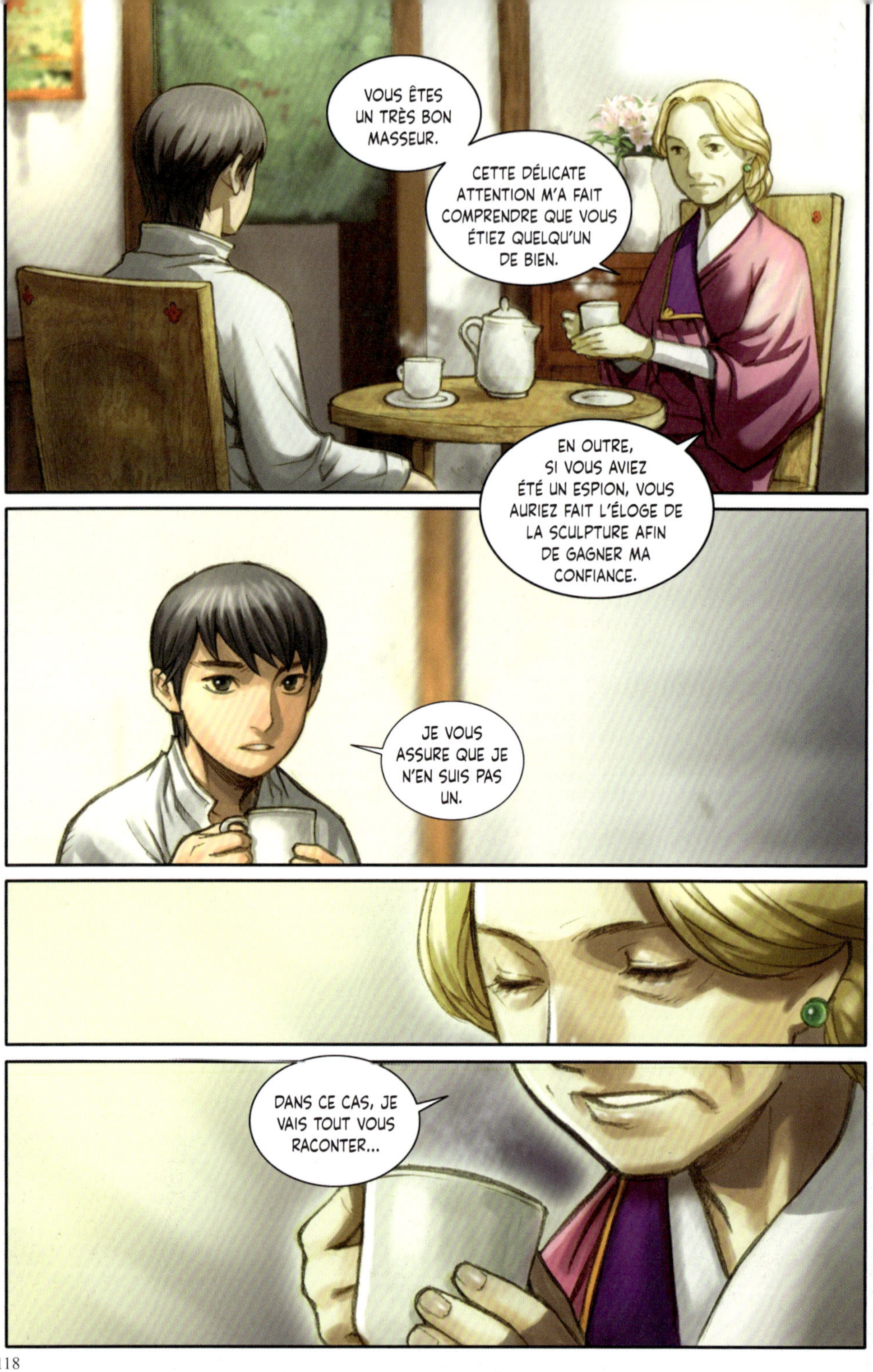
VOUS ÊTES UN TRÈS BON MASSEUR.
CETTE DÉLICATE ATTENTION M'A FAIT COMPRENDRE QUE VOUS ÉTIEZ QUELQU'UN DE BIEN.
EN OUTRE, SI VOUS AVIEZ ÉTÉ UN ESPION, VOUS AURIEZ FAIT L'ÉLOGE DE LA SCULPTURE AFIN DE GAGNER MA CONFIANCE.
JE VOUS ASSURE QUE JE N'EN SUIS PAS UN.
DANS CE CAS, JE VAIS TOUT VOUS RACONTER...

L'HISTOIRE...
DE ZAHAB, LE SCULPTEUR LÉGENDAIRE DU CLAIR DE LUNE...
ET DE LA REINE EVANE...
SA DULCINÉE.

LE SCULPTEUR ZAHAB ET LA REINE EVANE ONT PASSÉ LEUR ENFANCE DANS LE MÊME VILLAGE.
EN GRANDISSANT, ILS ONT COMMENCÉ À DÉVELOPPER DES SENTIMENTS L'UN POUR L'AUTRE.
LA JEUNE REINE EVANE GARDAIT TOUJOURS AVEC ELLE UNE SCULPTURE QUE LUI AVAIT FAITE LE JEUNE ZAHAB.
ET ELLE RÊVAIT DE L'ÉPOUSER, UNE FOIS ADULTE.

MAIS LE DESTIN LEUR JOUA UN MAUVAIS TOUR. LA JEUNE FILLE FUT CHOISIE POUR DEVENIR REINE...
ET LE GARÇON NE PUT RIEN FAIRE.

MAIS LES DEUX ENFANTS S'ÉTAIENT FAIT UNE PROMESSE.
JE TE SCULPTERAI LA PLUS BELLE ŒUVRE AU MONDE.
C'EST DÉJÀ CELLE-CI, MA PRÉFÉRÉE.
ET ELLE NE L'OUBLIA JAMAIS.
UN JOUR PASSA, UN MOIS, UN AN... ELLE N'ATTENDAIT QU'UNE CHOSE : QUE LE JEUNE HOMME TIENNE SA PROMESSE.

JUSQU'À CE QU'UN BEAU JOUR, ZAHAB RÉAPPARAISSE ENFIN.
MAIS À LA PLACE D'UN COUTEAU, IL PORTAIT UNE ÉPÉE À SA HANCHE. LE SCULPTEUR AVAIT LAISSÉ PLACE À L'ÉPÉISTE.

AS-TU OUBLIÉ NOTRE PROMESSE ?
ELLE COMPTAIT PLUS QUE TOUT POUR MOI.
J'AI PRIÉ POUR QUE TOI, TU RESTES LE MÊME.
MÊME SI LE MONDE ENTIER CHANGEAIT...
LE CHAGRIN QU'ÉPROUVAIT LA REINE EVANE ÉTAIT INDESCRIPTIBLE.

C'EST ALORS QUE...
DES ASSASSINS, MISSIONNÉS PAR UN ROYAUME ENNEMI, FIRENT LEUR APPARITION.
AAAARGH !
DES ASSASSINS !
PROTÉGEZ LA REINE !
ZAHAB ! FUIS !

JE PEUX ENFIN TE MONTRER LA PLUS BELLE DE MES SCULPTURES.

JE L'AI VU DE MES PROPRES YEUX.

SOUS SA LAME,
LE CLAIR DE LUNE
S'EST BRISÉ EN MILLE
MORCEAUX...

IL DANSAIT À
CHACUN DE SES COUPS
D'ÉPÉE !

EN MÊME TEMPS QU'IL TAILLAIT LE CLAIR DE LUNE, ZAHAB CHANTAIT UNE CHANSON.
JE NE ME SOUVIENS PLUS DES PAROLES, MAIS ELLE S'INTITULAIT "LE CŒUR DU SCULPTEUR".
LES ASSASSINS FURENT VAINCUS ET ZAHAB TINT SA PROMESSE.
CE SPECTACLE SANS PAREIL RESTE GRAVÉ DANS MA MÉMOIRE MALGRÉ LES ANNÉES QUI PASSENT.
WAOUH...
DING

[LE PASSÉ DU SCULPTEUR : QUÊTE TERMINÉE]
DING
VOUS PASSEZ AU NIVEAU SUPÉRIEUR.
VOUS PASSEZ AU NIVEAU SUPÉRIEUR.
DING
SUPER ! J'AI GAGNÉ 2 NIVEAUX EN UNE SEULE QUÊTE !
OH ?
DING
NOUVEAU MESSAGE
[CLASSE ACCESSIBLE]
VOUS POUVEZ REJOINDRE LA CLASSE SECRÈTE DES "SCULPTEURS DE CLAIR DE LUNE".
VOUS POURREZ OBTENIR DES COMPÉTENCES EXCLUSIVES, AUXQUELLES LES CLASSES ORDINAIRES N'ONT PAS ACCÈS.
ACCEPTEZ-VOUS CETTE CLASSE ? (OUI / NON)
SCULPTEUR DE CLAIR DE LUNE ?
C'EST UNE CLASSE SECRÈTE ?!

THE LEGENDARY
MOONLIGHT SCULPTOR

CHAPITRE 07

QU'EST-CE QU'UNE CLASSE SECRÈTE ?

CONTRAIREMENT AUX CLASSES ORDINAIRES ACCESSIBLES À TOUS ET RELATIVEMENT FACILES À OBTENIR, LES CLASSES SECRÈTES NE PEUVENT ÊTRE DÉBLOQUÉES QU'EN ACCOMPLISSANT DES QUÊTES SPÉCIALES.

LES CONDITIONS D'APPARITION DE CES DERNIÈRES ÉTANT STRICTES ET IMPRÉVISIBLES, IL PEUT ÊTRE DIFFICILE D'OBTENIR UNE CLASSE SECRÈTE. CELLES-CI SONT MALGRÉ TOUT TRÈS DEMANDÉES, PUISQU'ELLES PERMETTENT D'ACQUÉRIR DES COMPÉTENCES SPÉCIALES, DIFFÉRENTES DE CELLES DES CLASSES ORDINAIRES. DE NOMBREUX UTILISATEURS DE ROYAL ROAD SE LANCENT À LEUR RECHERCHE, MAIS SEUL 1 JOUEUR SUR 10 000 PARVIENT À EN TROUVER UNE.

JE ME RAPPELLE AVOIR LU ÇA DANS LE GUIDE.
MMH...
JE REFUSE.
DING
SCULPTER, ÇA PAYE PAS.
VOUS POUVEZ REJOINDRE LA CLASSE SECRÈTE DES "SCULPTEURS DE CLAIR DE LUNE".
VOUS POURREZ OBTENIR DES COMPÉTENCES EXCLUSIVES, AUXQUELLES LES CLASSES ORDINAIRES N'ONT PAS ACCÈS.
ACCEPTEZ-VOUS CETTE CLASSE ? (OUI / NON)
DING
BON SANG, J'AI DIT NON !
DEMANDE DE CONFIRMATION. VOUS POUVEZ REJOINDRE LA CLASSE SECRÈTE DES "SCULPTEURS DE CLAIR DE LUNE". VOUS POURREZ...
WOOUV
PAS LE CHOIX...
ÇA PEUT ÊTRE AMUSANT, MAIS ÇA NE ME RENDRA PAS RICHE.

HYA !
TERRAIN D'ENTRAÎNEMENT BASIQU
PLUS FORT ! SERS-TOI DES MUSCLES DE TON DOS !
C'EST LUI, LE TYPE QUI GRIND TOUS LES JOURS DEPUIS 4 SEMAINES ?
IL EST INCROYABLE ! JE NE TIENS MÊME PAS UNE HEURE, MOI !
C'EST UN GROS MALADE, OUI !
T'ES SÛR QU'IL EST HUMAIN ? C'EST PAS PLUTÔT UN PNJ ?
SI C'EN EST UN, TU CROIS QU'IL PEUT NOUS FILER UNE QUÊTE ?

VLAAM
D'AILLEURS...
JE SUIS HEUREUSE D'AVOIR PU VOUS CONTER LEUR HISTOIRE.
ACCEPTERIEZ-VOUS CET HUMBLE PRÉSENT ?
QUELLE SURPRISE !
MERCI BEAUCOUP !
MAIS DE QUOI S'AGIT-IL ?

CE SONT...
LE COUTEAU DONT SE SERVAIT MESSIRE ZAHAB, AINSI QU'UNE DE SES SCULPTURES.
IL LES AVAIT LÉGUÉES À SA MAJESTÉ EVANE.

VOUS AVEZ ACQUIS L'ITEM "COUTEAU DE SCULPTURE".
DING
VOUS AVEZ ACQUIS L'ITEM "RELIQUE DE ZAHAB".
CE NE SONT PAS DES ITEMS ORDINAIRES ! JE POURRAI EN TIRER UN BON PRIX !
GÉNIAL !
SI VOUS LES REVENDEZ, LES CHEVALIERS ROYAUX SE LANCERONT À VOS TROUSSES.
GLOUPS
LES... LES REVENDRE ? QUELLE IDÉE ! HA HA HA !
PRENEZ SOIN DU COUTEAU DE MESSIRE ZAHAB !
IL RENFERME LES SECRETS DE SON ART.
SES SECRETS ?
NOUVEAU MESSAGE

QUANT À CETTE SCULPTURE EN BOIS, ELLE INDIQUE LES COORDONNÉES DU REFUGE DE MESSIRE ZAHAB. J'ESPÈRE QUE SON ART NE TOMBERA PAS DANS L'OUBLI.
ET... J'AIMERAIS RÉENTENDRE SA CHANSON RIEN QU'UNE FOIS.
[PERPÉTUEZ L'HÉRITAGE DE ZAHAB !]
ZAHAB N'EST PAS MORT CE JOUR-LÀ. IL S'EST RETIRÉ DANS UNE CONTRÉE LOINTAINE POUR Y PERFECTIONNER SON ART. MAÎTRISEZ L'ART DE LA SCULPTURE ET RETROUVEZ ZAHAB. APPRENEZ SA CHANSON ET REVENEZ LA CHANTER À LA VIEILLE FEMME DE CHAMBRE. ON RACONTE QUE ZAHAB A ÉTÉ VU POUR LA DERNIÈRE FOIS DANS LA RÉGION DE GRAPASSE.
NIVEAU DE DIFFICULTÉ : A
CONTRAINTES DE LA QUÊTE : ACCOMPLISSEZ VOTRE MISSION AVANT QUE LA VIEILLE FEMME DE CHAMBRE NE MEURE. ABANDON IMPOSSIBLE.
L'HÉRITAGE DE ZAHAB...
SLAASH

HAA...
HAA...
PFIOU...
VOUS AVEZ GAGNÉ
1 POINT DE FORCE.
VOUS AVEZ GAGNÉ
1 POINT DE CONSTITUTION.
VOUS AVEZ GAGNÉ
20 POINTS DE RENOMMÉE.
VOUS AVEZ GAGNÉ
100 POINTS DE VIE.
J'Y SUIS ARRIVÉ ! J'AI TENU QUATRE SEMAINES !

JE ME SUIS ENTRAÎNÉ AUTANT QUE CE TERRAIN LE PERMET.
JE NE M'ATTENDAIS PAS À DES POINTS DE RENOMMÉE, MAIS C'EST PAS DE REFUS.
C'EST LUI, LE WEED DONT TOUT LE MONDE PARLE ?
TAP
HEIN ?

YAAAAH!

THE LEGENDARY MOONLIGHT SCULPTOR

CHAPITRE 08

CRAAAC

URGH !
T'AS FAILLI ME TUER !
TAC
HÉ HÉ HÉ !
ÇA VA PAS, NON ?!
J'AURAIS PERDU UNE BLINDE DE PV...
C'EST MOI, PYTHON ! ON S'EST CROISÉS L'AUTRE FOIS !
J'AI EU ENVIE DE T'EMBÊTER EN VOYANT TON AIR SÉRIEUX !
T'ES DE NIVEAU 280, NON ?
T'AS IDÉE DU NOMBRE DE JOUEURS DE BAS NIVEAU QUI SE FONT LYNCHER PAR DES ANDOUILLES DE HAUT LEVEL COMME TOI ?

ROH, C'ÉTAIT POUR RIGOLER ! Y A PAS MORT D'HOMME.
TU T'ES VRAIMENT ENTRAÎNÉ PENDANT QUATRE SEMAINES D'AFFILÉE ? ÇA M'ÉPATE !
ARGH !
D'AILLEURS...
Y EN A D'AUTRES QUI ONT COMMENCÉ À T'IMITER.
À CE QUI SE DIT, GRINDER PEUT S'AVÉRER UTILE SUR LE LONG TERME.
TOUT ÇA, C'EST GRÂCE À TOI.
AH BON ?
ÇA EXPLIQUE QU'IL Y AIT PLUS DE MONDE.

ILS ONT COMPRIS QUE CHAQUE POINT COMPTE POUR DEVENIR PLUS FORT.
ON PENSE TOUS QU'IL N'Y A PAS DE GRANDE DIFFÉRENCE ENTRE 1 OU 2 POINTS DE STATS.
MAIS LORSQU'ON AFFRONTE QUELQU'UN DU MÊME NIVEAU, ÇA JOUE.
POF
POF
ET PLUS ON MONTE EN NIVEAU, PLUS LA DIFFÉRENCE DE VITESSE À LA CHASSE AUGMENTE.
MAIS PRESQUE PERSONNE N'ARRIVE À TENIR LA CADENCE.
J'ARRIVERAI À LA REVENDRE SI ELLE EST CASSÉE ?
PAS FAUX. TOUT LE MONDE N'A PAS TA PERSÉVÉRANCE.
T'ES LE GARS LE PLUS TENACE QUE J'AIE VU DEPUIS MON ARRIVÉE DANS ROYAL ROAD.
MÊME MOI, JE NE T'ARRIVE PAS À LA CHEVILLE.
GNAP

SLAAASH

FWOOUSH
VIVEMENT NOS PROCHAINES RETROUVAILLES. NE ME DÉÇOIS PAS, OK ?
J'Y AI PEUT-ÊTRE ÉTÉ UN PEU FORT...
TU SERAS DÉÇU...
HEIN ?
PAR TA PROPRE IMPUISSANCE, ÉVIDEMMENT.
JE SUIS ENCORE PLUS TENACE QUE TU NE L'IMAGINES.

POUHAHAHAHA !
T'ES UN P'TIT RIGOLO, TOI !
PAF PAF
OUILLE !
ÇA ROULE !
J'AI HÂTE DE VOIR CE QUE T'AS EN RÉSERVE !
ON DIRAIT QUE PYTHON S'EST ATTACHÉ À TOI.
AH, MONSIEUR L'INSTRUCTEUR.
PRENDS ÇA.
UNE ÉPÉE ?
EN GUISE DE REMERCIEMENT. GRÂCE À TOI, LE TERRAIN D'ENTRAÎNEMENT GROUILLE DE MONDE.
ET PUIS, TON ÉPÉE DE BOIS TIRE UNE SALE TÊTE.

MERCI !
JAMAIS JE NE ME SERAIS DOUTÉ QUE TU TIENDRAIS JUSQU'À LA FIN.
HÈ HÈ
MAIS JE SUIS FIER DE TOI.
C'EST GRÂCE À VOUS.
D'AILLEURS, VOUS SAVEZ COMBIEN NOUS SOMMES À AVOIR TERMINÉ L'ENTRAÎNEMENT BASIQUE ?
PAS QU'ICI, MAIS SUR TOUT LE CONTINENT.
MMH...
ICI, TU ES LE 17E...
DANS TOUT LE CONTINENT, JE DIRAIS QUE VOUS ÊTES À PEU PRÈS 3 800.
LE TERRITOIRE EST VASTE.

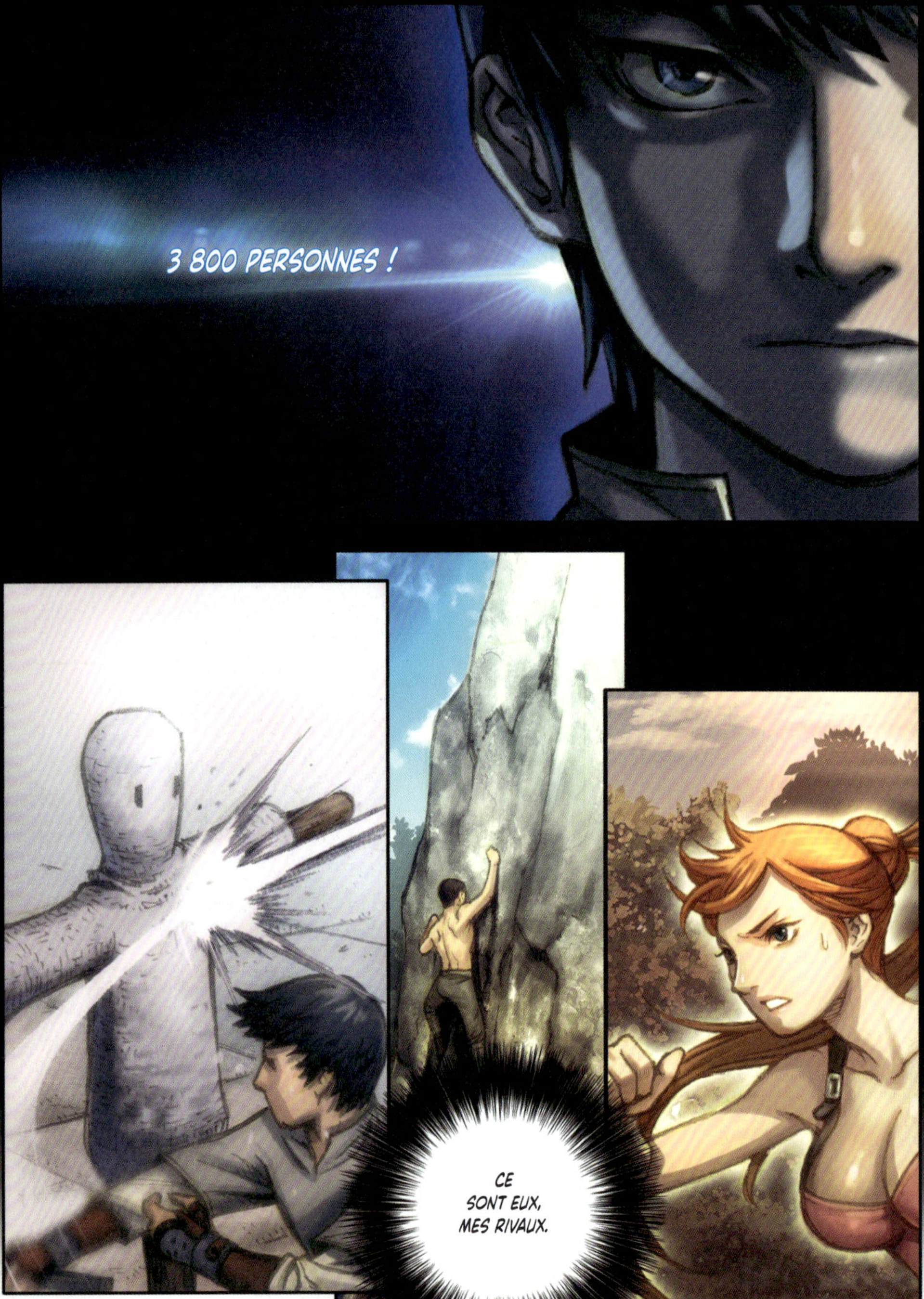
3 800 PERSONNES !
CE SONT EUX, MES RIVAUX.

TU AURAS BESOIN DE ÇA POUR GARDER TON ÉPÉE À PORTÉE DE MAIN.
MERCI !
C'EST MIEUX QUE DE LA RANGER DANS MON INVENTAIRE.
AU FAIT, SI CE TERRAIN EST RÉSERVÉ À L'ENTRAÎNEMENT BASIQUE, Y EN A-T-IL D'AUTRES POUR LA SUITE ?
BIEN SÛR ! MAIS J'IGNORE LEUR EMPLACEMENT.
IL PARAÎT QUE SEULS LES JOUEURS DESTINÉS À LES TROUVER TOMBENT DESSUS.

AU FAIT, AS-TU QUELQUE CHOSE DE PRÉVU DANS LES PROCHAINES JOURS ?
DANS UNE SEMAINE, IL Y AURA UNE EXPÉDITION À DESTINATION DE L'ANTRE DE LITVART. POURQUOI NE PAS PARTICIPER ?
MIDVALE, LE COMMANDANT DE L'EXPÉDITION, EST UN AMI À MOI.
LES FANTASSINS DE L'ARMÉE ROYALE DOIVENT ÊTRE DE NIVEAU 30, AU MOINS. LES CHEVALIERS, DE NIVEAU 150 ET PLUS.
AVIS DE NOUVELLE QUÊTE
[MISSION D'ÉRADICATION DANS L'ANTRE DE LITVART]
DEPUIS PLUSIEURS ANNÉES, LE ROYAUME DE ROSENHEIM EST CONFRONTÉ À UNE AUGMENTATION CONSTANTE DU NOMBRE DE MONSTRES SUR SON TERRITOIRE. DANS UN ÉDIT, LE ROI THEODERN ORDONNE AUX SOLDATS DU ROYAUME DE LES DÉBUSQUER ET DE LES EXTERMINER JUSQU'AU DERNIER.
MIDVALE, COMMANDANT DES FORCES EXPÉDITIONNAIRES ET AMI DE L'INSTRUCTEUR, EST UN CHEVALIER ROYAL DE GRANDE RENOMMÉE. ÉRADIQUEZ LES MONSTRES DE L'ANTRE DE LITVART AUX CÔTÉS DE MIDVALE ET DE SES SOLDATS.
NIVEAU DE DIFFICULTÉ : E
CONTRAINTE DE LA QUÊTE : LA MORT CONSTITUERA UN ÉCHEC.
VU LA TAILLE DU GROUPE, ILS N'AURONT AUCUN MAL À ACCOMPLIR LEUR MISSION.

D'APRÈS LE GUIDE OFFICIEL DU JEU, L'ANTRE DE LITVART EST INFESTÉE DE KOBOLDS DE NIVEAU 20 ET DE GOBELINS DE NIVEAU 50 !
MÊME SI JE NE PRENDS PAS PART AUX COMBATS, IL ME SUFFIT DE SURVIVRE POUR EMPOCHER DE BELLES RÉCOMPENSES... C'EST UNE OPPORTUNITÉ EN OR.
DÉSOLÉ.
DING
VOUS AVEZ REFUSÉ LA QUÊTE.
QUOI ?!

CHAPITRE 09

DÉSOLÉ, JE NE VAIS PAS POUVOIR.
POURQUOI PAS ?
IL Y A UN PROBLÈME ?
EN FAIT... JE N'AI TOUJOURS PAS DE CLASSE.
JE VOIS.
PAS ÉTONNANT, TU VIENS À PEINE DE TERMINER L'ENTRAÎNEMENT BASIQUE. JE METS LA CHARRUE AVANT LES BŒUFS.
REVIENS ME VOIR UNE FOIS QUE TU EN AURAS CHOISI UNE. JE TE TROUVERAI UNE QUÊTE DANS TES CORDES.
MAIS SAIS-TU DÉJÀ QUELLE CLASSE TU VEUX ? À VOIR TA TÊTE, ON NE DIRAIT PAS.

EH BIEN...
FFT
HIN
ÇA TOMBE BIEN.
JE VAIS TE CONFIER UN SECRET...
APPROCHE.
AÏE !
ZONE NORD DE LA CITADELLE DE SERABORG

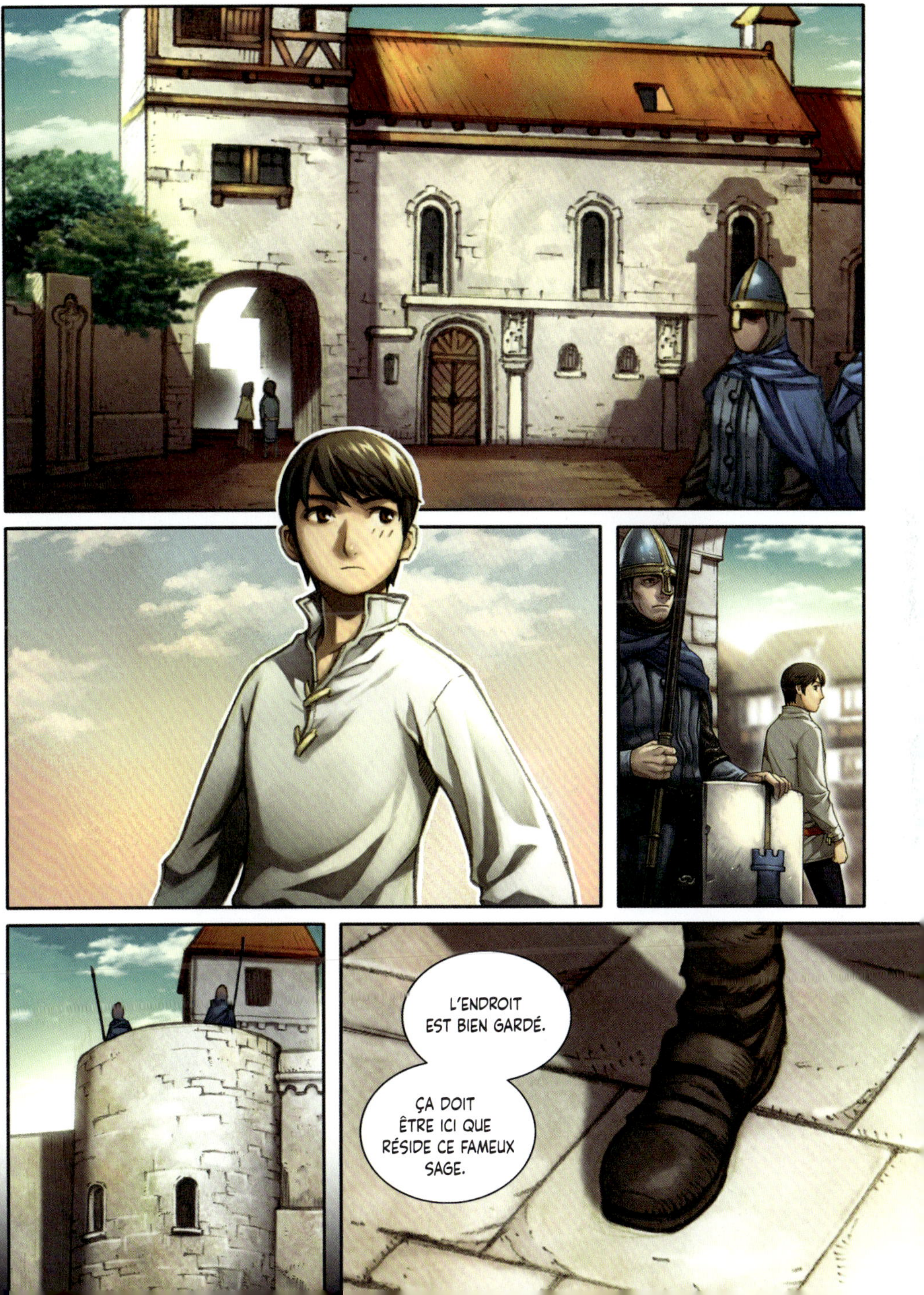
L'ENDROIT EST BIEN GARDÉ.
ÇA DOIT ÊTRE ICI QUE RÉSIDE CE FAMEUX SAGE.

AS-TU DÉJÀ ENTENDU PARLER DE RODRIAS, LE SAGE ?
QUI ÇA ?
RODRIAS... LE SAGE ?
GUIDE OFFICIEL
ROYAL ROAD
RODRIAS,
LE SAGE (PNJ)
NOM : RODRIAS, LE SAGE
AFFILIATION : ROYAUME DE ROSENHEIM
POSITION : MAISON AU NORD DE LA CITADELLE DE SERABORG
CONDITIONS POUR LUI PARLER :
1. UN CERTAIN NIVEAU DE RENOMMÉE.
2. RODRIAS DOIT ÊTRE DE BONNE HUMEUR LORSQUE VOUS LUI RENDREZ VISITE (ALÉATOIRE).
PRÉSENTATION : ILLUSTRE SAGE SURNOMMÉ "L'ÉTOILE DE LA SAGESSE" CAR IL N'Y A RIEN SUR LE CONTINENT QU'IL NE SACHE PAS. IL A TOUTEFOIS UN CARACTÈRE DIFFICILE ; LA MOINDRE MÉPRISE DE VOTRE PART AU COURS D'UNE CONVERSATION VOUS VAUDRA D'ÊTRE MIS À LA PORTE (AUQUEL CAS, IL NE VOUS ADRESSERA PLUS JAMAIS LA PAROLE).
IL PEUT ÊTRE COMPLIQUÉ DE L'APPROCHER, MAIS SI VOUS RÉUSSISSEZ, IL VOUS DONNERA DES INDICES PERMETTANT D'ACCOMPLIR UNE QUÊTE SPÉCIALE BIEN CACHÉE.
MMH... JE NE POURRAI PLUS JAMAIS LUI PARLER S'IL ME CHASSE DE CHEZ LUI ?
AHEM
J'EN DÉDUIS QUE CETTE POSSIBILITÉ EXISTE ?

VA TROUVER LE SAGE SI TU VEUX OBTENIR UNE BONNE CLASSE.
IL TE DIRA LAQUELLE TE CONVIENT LE MIEUX.
J'ÉTAIS SÛR DE L'AVOIR RANGÉ LÀ...
MAIS C'EST UN DRÔLE D'OISEAU, IL EST IMPRÉVISIBLE.
EN PLUS D'ÊTRE GRINCHEUX, FARCEUR ET MESQUIN.
ET C'EST UN SAGE ?
AH, TROUVÉ.
IL EST PRESQUE IMPOSSIBLE D'OBTENIR UN ENTRETIEN AVEC LUI.
CEPENDANT !
DONNE-LUI ÇA, ET IL FERA AU MOINS SEMBLANT DE T'ÉCOUTER.
DING
VOUS AVEZ REÇU LE MOUCHOIR DE LA REINE EVANE.
QU'EST-CE QUE C'EST ?
IL APPARTENAIT À LA REINE EVANE ? CETTE QUÊTE EST CONNECTÉE AUX AUTRES ?

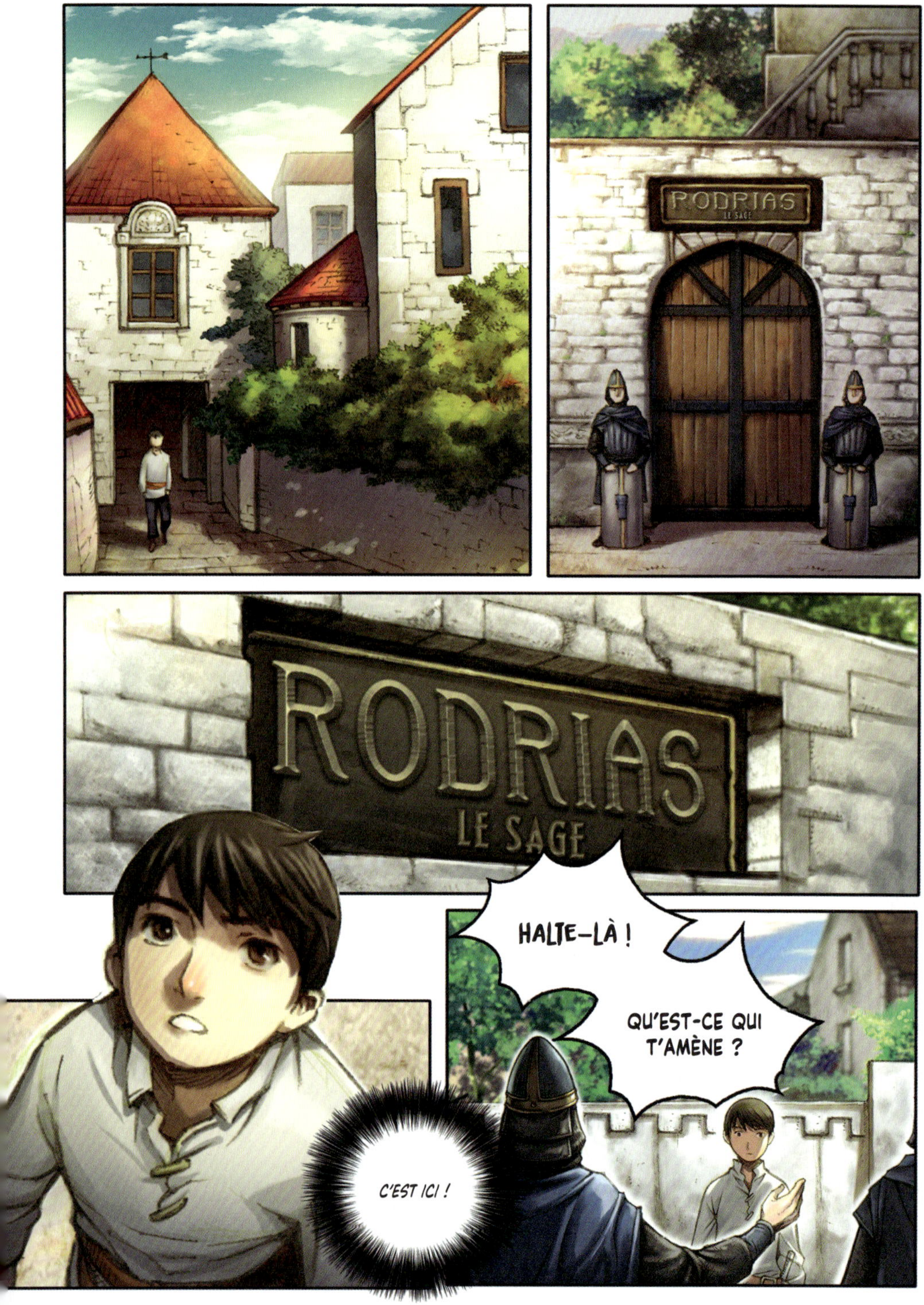
RODRIAS
LE SAGE
RODRIAS
LE SAGE
C'EST ICI !
HALTE-LÀ !
QU'EST-CE QUI T'AMÈNE ?

BONJOUR, J'AIMERAIS RENCONTRER LE SAGE.
L'INSTRUCTEUR DU TERRAIN D'ENTRAÎNEMENT BASIQUE M'A CONFIÉ QUELQUE CHOSE POUR LUI.
L'INSTRUCTEUR ?
OUBLIE ! ON COMPREND TA SITUATION, MAIS ON NE PEUT PAS TE LAISSER ENTRER. LE SAGE NE S'ENTRETIENT PAS AVEC CEUX DE TROP BASSE RENOMMÉE.
MAIS L'INSTRUCTEUR VOULAIT QUE JE LUI DONNE ÇA...
DE RENOMMÉE TROP BASSE ?
C'EST PAS NOTRE PROBLÈME. ON SUIT LES ORDRES, C'EST TOUT.
TU CROYAIS QUE CETTE EXCUSE SUFFIRAIT POUR RENCONTRER QUELQU'UN D'AUSSI IMPORTANT ?

FRSH FRSH
IL ME SUFFIT D'AUGMENTER MES POINTS DE RENOMMÉE, ALORS ?
ET IL N'Y A PAS D'AUTRE MOYEN D'ENTRER ?
ON CONNAÎT BIEN L'INSTRUCTEUR, NOUS AUSSI.
C'EST MÊME LUI QUI NOUS A FORMÉS.
MAIS LE TRAVAIL, C'EST LE TRAVAIL !
MÊME SI C'EST LUI QUI T'ENVOIE, ON NE PEUT PAS TE LAISSER RENTRER SI TU NE REMPLIS PAS LES CONDITIONS.
MMH...
IL N'Y A AUCUNE CHANCE QUE VOUS ME LAISSIEZ ENTRER...
?!

ALORS
TOUT VA BIEN,
TANT QUE JE NE METS
PAS LES PIEDS À
L'INTÉRIEUR ?
PUISQUE
C'EST COMME
ÇA…

THE LEGENDARY
MOONLIGHT SCULPTOR

CHAPITRE 10

POF
QU'EST-CE QUE TU FABRIQUES ?
JE N'AI QU'À M'ASSEOIR ICI ET L'ATTENDRE. JE PEUX, NON ?
IL VA BIEN FINIR PAR METTRE LE NEZ DEHORS.
C'EST LA PREMIÈRE FOIS QUE ÇA ARRIVE.
ON FAIT QUOI ?
C'EST DU JAMAIS VU, MAIS SOIT.
LES RUES SONT À TOUT LE MONDE.
EN REVANCHE !
QUOI ENCORE ?

PAR ÉGARD POUR L'INSTRUCTEUR, LAISSE-MOI TE DIRE...
QUE LE SAGE SORT RAREMENT DE CHEZ LUI.
ENCORE MOINS S'IL SAIT QUE QUELQU'UN L'ATTEND DEHORS.
ÇA IRA ?
PAS DE PROBLÈME. JE VAIS QUAND MÊME L'ATTENDRE.
LA PATIENCE EST UNE VERTU !
DE TOUTE FAÇON...
진양곱창
HYUN, JE N'AI PAS ENCORE FINI LE TRAVAIL. TU PEUX M'ATTENDRE UN PEU ?
HÉ ! REMETTEZ-VOUS AU BOULOT !
LA VAISSELLE VA PAS SE FAIRE TOUTE SEULE !
J'ARRIVE !
J'AI L'HABITUDE D'ATTENDRE...

PODRIAS
OOAAH
POUAH ! IL EST VRAIMENT RESTÉ CLOÎTRÉ CHEZ LUI.
OUH LÀ !

RODRIAS
LE SAGE
IL DOIT DORMIR À L'HEURE QU'IL EST. À QUOI BON RESTER ?
MIAOU
JE REPASSERAI DEMAIN. EN ATTENDANT...
JE VAIS OPTIMISER MON TEMPS.
PARCE QUE ÇA NE S'ÉPARGNE PAS, ET ÇA NE S'EMPRUNTE PAS NON PLUS.

JE VAIS L'ATTIRER PAR LÀ ! TENEZ-VOUS PRÊTS !
CLANG
IL ME FAUT DU SOIN !
D'APRÈS LE GUIDE DU JEU, CHASSER DE NUIT PEUT RAPPORTER 30 % D'XP.
SANS SURPRISE, PAS MAL DE DÉBUTANTS SONT DE SORTIE.
BOUM
EN CONTREPARTIE, LES MONSTRE SONT 1,5 FOIS PLUS FORTS QU'À LA NORMALE...
AVIS AUX RATONS LAVEURS, AUX RENARDS ET AUX LOUPS ! RAMENEZ-VOUS !
BON, C'EST PARTI !
EXCUSE-MOI ! T'ES NOUVEAU ?
HEIN ?

EUH, OUI...
JE PEUX VOUS AIDER ?
YOUHOU, BONNE PIOCHE ! ÇA TE DIRAIT DE CHASSER AVEC NOUS ?
CLAP CLAP
ON EST DÉBUTANTS AUSSI. ON CHERCHE UNE PAIRE DE BRAS EN PLUS !
VOYONS VOIR. IL Y A 1 SUPPORT, 3 DD... 2 À DISTANCE ET 1 EN MÊLÉE.
ILS N'ONT PAS DE TANK EN DÉFENSE. ÇA DOIT ÊTRE POUR ÇA QU'ILS M'ONT ABORDÉ.

SUPPORT (OU SOUTIEN) : A POUR RÔLE D'AIDER ET DE GUÉRIR SES COMPAGNONS.
DD (DAMAGE DEALER) À DISTANCE : CHARGÉ D'INFLIGER DES DÉGÂTS AUX MONSTRES EN LES ATTAQUANT DE LOIN.
DD EN MÊLÉE : CHARGÉ D'INFLIGER DES DÉGÂTS AUX MONSTRES EN COMBAT RAPPROCHÉ.
TANK : CHARGÉ D'ENCAISSER LES ATTAQUES DES MONSTRES AFIN DE LAISSER LE CHAMP LIBRE À SES COMPAGNONS. CE RÔLE NÉCESSITE BEAUCOUP DE POINTS DE VIE ET UNE GRANDE CAPACITÉ DÉFENSIVE.
VU LA COMPO, L'OFFRE EST INTÉRESSANTE. JE N'AI PAS ENCORE D'EXPÉRIENCE SUR LE TERRAIN ET REJOINDRE LEUR GROUPE SERAIT LE MOYEN LE PLUS SÛR DE ME LANCER.
D'ACCORD !
JE SERAIS RAVI DE ME JOINDRE À VOUS.
TROP BIEN !
TU FAIS OFFICIELLEMENT PARTIE DU GROUPE, HÉ HÉ !
HA HA HA...

JE M'APPELLE SURKA...
ET JE SUIS MOINE DE NIVEAU 7 !
ENCHANTÉE. JE SUIS IRENE, UNE PRÊTRESSE.
JE SUIS AUSSI DE NIVEAU 7 ET COMME TU T'EN DOUTES, JE SUIS SPÉCIALISÉE EN SORTS DE GUÉRISON ET DE DÉFENSE GRÂCE À MA MAGIE DIVINE.
MOI, C'EST ROMUNA, MAGE DE NIVEAU 6.
JE ME SERS SURTOUT DE LA PYROMANCIE.
PAYLE. JE SUIS ARCHER.
TU DOIS AVOIR UN SACRÉ NIVEAU POUR SORTIR CHASSER SEUL LA NUIT...
JE M'APPELLE WEED...
JE VIENS D'ATTEINDRE LE NIVEAU 3.

EUH... NIVEAU 3 ?
C'EST SUPER BAS.
ARGH !
EUH... ET TA CLASSE ? TES ÉQUIPEMENTS ?
COMME ÉQUIPEMENT... J'AI JUSTE CETTE ÉPÉE. ET JE N'AI PAS ENCORE DE CLASSE.
JE NE ME SUIS PAS ENCORE DÉCIDÉ.
...
ÇA DOIT ÊTRE SON PREMIER JOUR DANS LE JEU.
UN VRAI NOVICE. C'EST UNE MAUVAISE IDÉE, NON ?
PSST
PSST
PSST
PSST
HA HA HA... C'EST GÊNANT.
IL RISQUE DE PANIQUER ET DE SE FAIRE TUER DÈS LE DÉBUT DES COMBATS.
VOUS SAVEZ...
SI JE DÉRANGE, LAISSEZ TOMBER.
Y A PAS DE SOUCI.
D... DÉSOLÉE !

SNIF ! JE M'EN VEUX...
IL A DÛ SE SENTIR BLESSÉ.
ZUT...
ON S'EST MÊME PRÉSENTÉS.
C'EST PAS TRÈS SYMPA DE NOTRE PART...
ÇA DEVRAIT ALLER S'IL FAIT ATTENTION, NON ? RAPPELONS-LE.
SI TOUT LE MONDE EST D'ACCORD...
C'EST DÉCIDÉ !
ATTENDS !
VIENS AVEC NOUS !

AH ! JE M'EN DOUTAIS.
IL SUFFISAIT DE LES FAIRE CULPABILISER.
DES "BRAVES TYPES"... C'EST COMME ÇA QU'ON APPELLE LES GENS TROP GENTILS.
MAIS LA GENTILLESSE... ÇA NE REND PAS PLUS FORT.
GRRR

THE LEGENDARY
MOONLIGHT SCULPTOR

CHAPITRE 11

...
TON ADVERSAIRE, C'EST MOI !
GRRRR

WEED, TU VAS VRAIMENT T'EN SORTIR TOUT SEUL ?
LES LOUPS SONT LES MONSTRES LES PLUS PUISSANTS DU COIN. ET VU LA TAILLE DE CELUI-CI, ÇA DOIT ÊTRE LE BOSS DE LA ZONE...
WEED, COURS !
J'AI ÉPUISÉ MON MANA, JE NE POURRAI PAS TE GUÉRIR !
NON ! S'IL S'ENFUIT, CE MONSTRE NOUS MASSACRERA AVANT QU'ON ATTEIGNE LES PORTES DE LA CITADELLE !
OUIIIN ! C'EST MA FAUTE...
J'AI PROVOQUÉ CE MONSTRE EN VOULANT ATTIRER DES PROIES FACILES...
JE VISAIS DES RATONS-LAVEURS !

FLÛTE...
LA PRÊTRESSE EN CHARGE DU SOIN N'EST PAS FICHUE DE CONTRÔLER SON MANA.
ON RECONNAÎT LES DÉBUTANTS !
S'ILS POUVAIENT LA METTRE EN VEILLEUSE...
GROAAAR !
!

SHLAAC
WEED !
SCRRR

CE N'EST QU'UNE ÉGRATIGNURE, MAIS J'AI PERDU UN DIXIÈME DE MES PV !
IL FAUT QU'ON L'AIDE !
FWISH
FWISH
FWISH
TCHAC
TCHAC
TCHAC

FIRE BALL!
BOUUM
JE L'AI EU !
PAS ENCORE !

VROOOSH
BAANG
ARGH !

SWISH
ON A AFFAIRE À UN DUR À CUIRE !
SPAF

BOUM
JE VAIS ME BATTRE À TES CÔTÉS !
NON, ALLEZ-VOUS-EN PENDANT QUE J'ESSAYE DE LE RETENIR.
C'EST MAINTENANT OU JAMAIS !

TAADAH

VOUS ÊTES FOUS.
POURQUOI RISQUER VOS VIES POUR UN INCONNU ?
HIIN
ENFIN, CE N'EST PAS POUR ME DÉPLAIRE.
GRRR
IL N'EXISTE QU'UN SEUL MOYEN DE VAINCRE CE LOUP !

TAP

FWISH
SHLAC

TZING
CRR
CRAAC
SPLASH

MAÎTRE, VOUS ÊTES LE MEILLEUR !
AHN HYUNDO, AHN HYUNDO !
HÉ HÉ HÉ.
QU'EST-CE QUE VOUS ATTENDEZ ? À VOTRE TOUR !
HEIN ?!
ON EST CENSÉS FAIRE PAREIL ?!
VOUS N'EN ÊTES PAS CAPABLES ? ALORS ENTRAÎNEZ-VOUS À LA FRAPPE VERTICALE DIX MILLE FOIS !
VOUS NE RENTREREZ PAS CHEZ VOUS TANT QUE VOUS N'AUREZ PAS FINI ! ALLEZ !
ARGH ! QUEL CALVAIRE !
C'EST QUI LE PLUS JEUNE, ICI ? NETTOIE-MOI ÇA !
TIENS-TOI DROIT !
LA CHANCE !

TSS. Y EN A PAS UN POUR RATTRAPER L'AUTRE.
LES JEUNES D'AUJOURD'HUI SONT TOUS DES FEIGNANTS.
HA !
HA !
OH ! J'EN OUBLIE UN.
JE VAIS DEVOIR ME MONTRER PLUS STRICT AVEC CE PARESSEUX.
HMPF
MAINTENANT QUE J'Y PENSE, OÙ EST PASSÉ HYUN ? ON NE LE VOIT PLUS, CES TEMPS-CI.
HYA !

J'AI DES FRISSONS, TOUT À COUP...
SI CE LOUP ME TUE, FUYEZ SANS VOUS RETOURNER.
WEED ?

HYAAA !

CHAPITRE 12

LES JEUX VIDÉO, CE N'EST PAS LA RÉALITÉ.
DANS UN JEU, UN AVATAR PEUT ACCOMPLIR DES CHOSES IMPOSSIBLES POUR UN HUMAIN DU MONDE RÉEL.

NÉANMOINS...
LORSQU'ON MAÎTRISE LES ARTS MARTIAUX DANS LA RÉALITÉ, EST-CE AUSSI LE CAS DE NOTRE AVATAR ?
?
AVEC LA RÉALITÉ VIRTUELLE, C'EST POSSIBLE !
DANS UN JEU DE RÉALITÉ VIRTUELLE, L'UTILISATEUR BOUGE SON AVATAR COMME IL LE FERAIT DANS LA VRAIE VIE.

AINSI, IL EST POSSIBLE D'Y REPRODUIRE LES MOUVEMENTS QUE L'ON MAÎTRISE DANS LE MONDE RÉEL.

MAIS CE N'EST PAS
POUR AUTANT QUE LES EFFETS
SERONT LES MÊMES.
SLASH
LES LOIS QUI
RÉGISSENT CE MONDE VIRTUEL SONT
DIFFÉRENTES DE LA RÉALITÉ.

(GROSSO MODO)
FORMULE DE CALCUL DES DÉGÂTS D'UN COUP DANS LE JEU
DÉGÂTS QU'ENCAISSE L'ENNEMI = (POINTS DE STATS DE L'AVATAR + POINTS D'ATTAQUE DE L'ARME UTILISÉE) - POINTS DE DÉFENSE DE L'ENNEMI
À CELA S'AJOUTE UNE AUTRE VARIABLE.
FWISH
SHLAC
[VOUS AVEZ INFLIGÉ UN COUP CRITIQUE.]

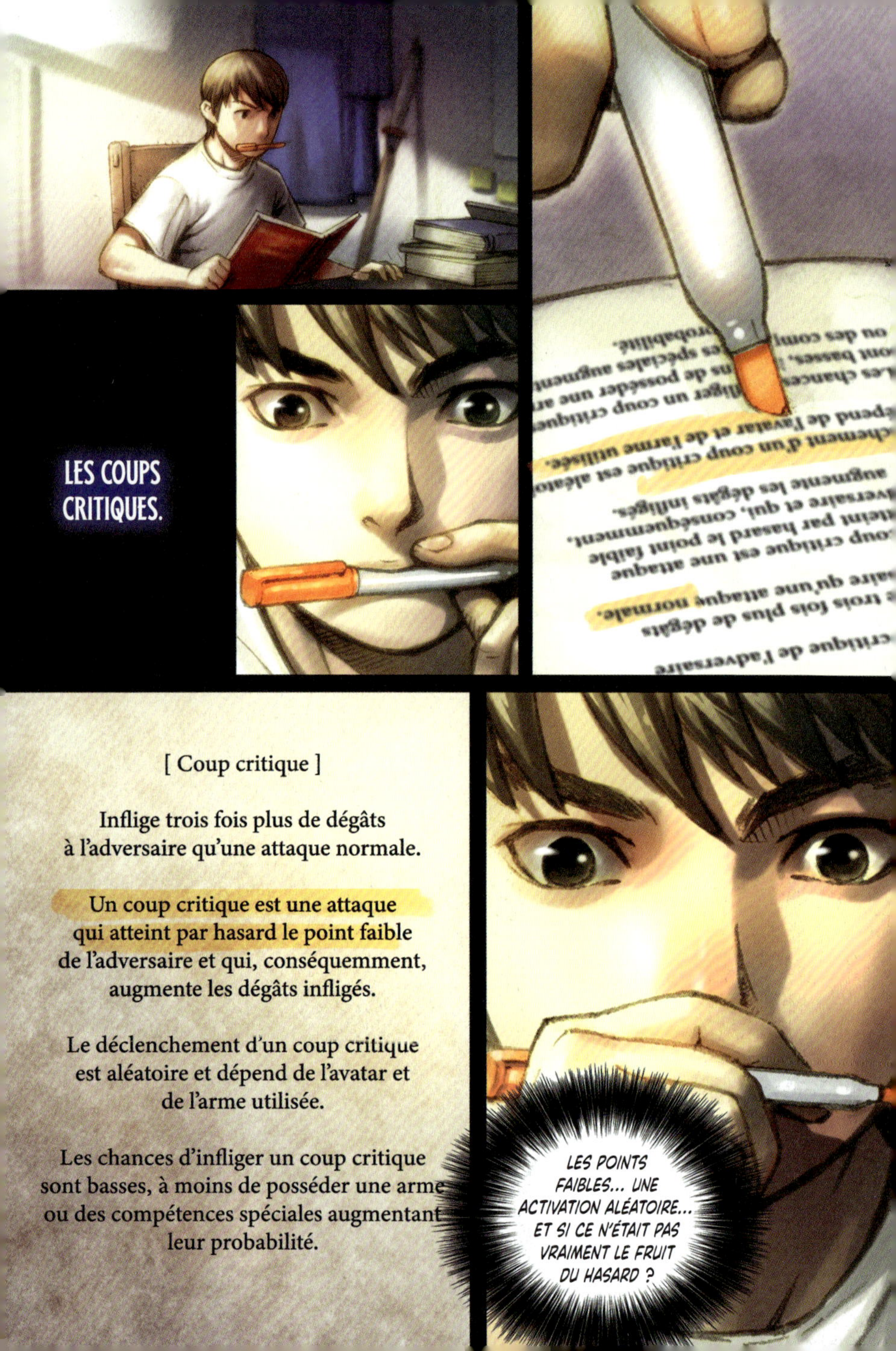
LES COUPS CRITIQUES.
[Coup critique]
Inflige trois fois plus de dégâts à l'adversaire qu'une attaque normale.
Un coup critique est une attaque qui atteint par hasard le point faible de l'adversaire et qui, conséquemment, augmente les dégâts infligés.
Le déclenchement d'un coup critique est aléatoire et dépend de l'avatar et de l'arme utilisée.
Les chances d'infliger un coup critique sont basses, à moins de posséder une arme ou des compétences spéciales augmentant leur probabilité.
LES POINTS FAIBLES… UNE ACTIVATION ALÉATOIRE… ET SI CE N'ÉTAIT PAS VRAIMENT LE FRUIT DU HASARD ?

UN PARI,
C'EST UN DUEL ENTRE
CHANCE ET PROBABILITÉ.
POUR QUELQU'UN
DISPOSANT DE COMPÉTENCES
POUVANT CONTRÔLER
TOUT ÇA...
IL NE S'AGIT PLUS DE HASARD...

MAIS D'INÉLUCTABILITÉ.
TAC

GROAAAR
"JE NE CRAINS PAS L'HOMME QUI A PRATIQUÉ 10 000 COUPS UNE FOIS, MAIS JE CRAINS L'HOMME QUI A PRATIQUÉ UN COUP 10 000 FOIS."
BRUCE LEE

[VOUS AVEZ INFLIGÉ UN COUP CRITIQUE.]
[VOUS AVEZ INFLIGÉ UN COUP CRITIQUE.]
[VOUS AVEZ INFLIGÉ UN COUP CRITIQUE.]

BOUM
WOUSH

ÇA A MARCHÉ ! J'AVAIS RAISON !
QUAND ON SAIT VISER LES POINTS FAIBLES AVEC PRÉCISION, LES CHANCES D'INFLIGER UN COUP CRITIQUE AUGMENTENT CONSIDÉRABLEMENT !
PFIOU !
JE N'UTILISERAI CETTE MÉTHODE QU'EN DERNIER RECOURS.
MAIS J'AI GAGNÉ DE JUSTESSE, ET MES PV ONT DRASTIQUEMENT DIMINUÉ.
DING
[VOUS PASSEZ AU NIVEAU SUPÉRIEUR.]
[MAITRISE DE L'ÉPÉE AUGMENTÉE.]
OH ?
[VOUS AVEZ OBTENU LA COMPÉTENCE "LAME SCULPTRICE".]

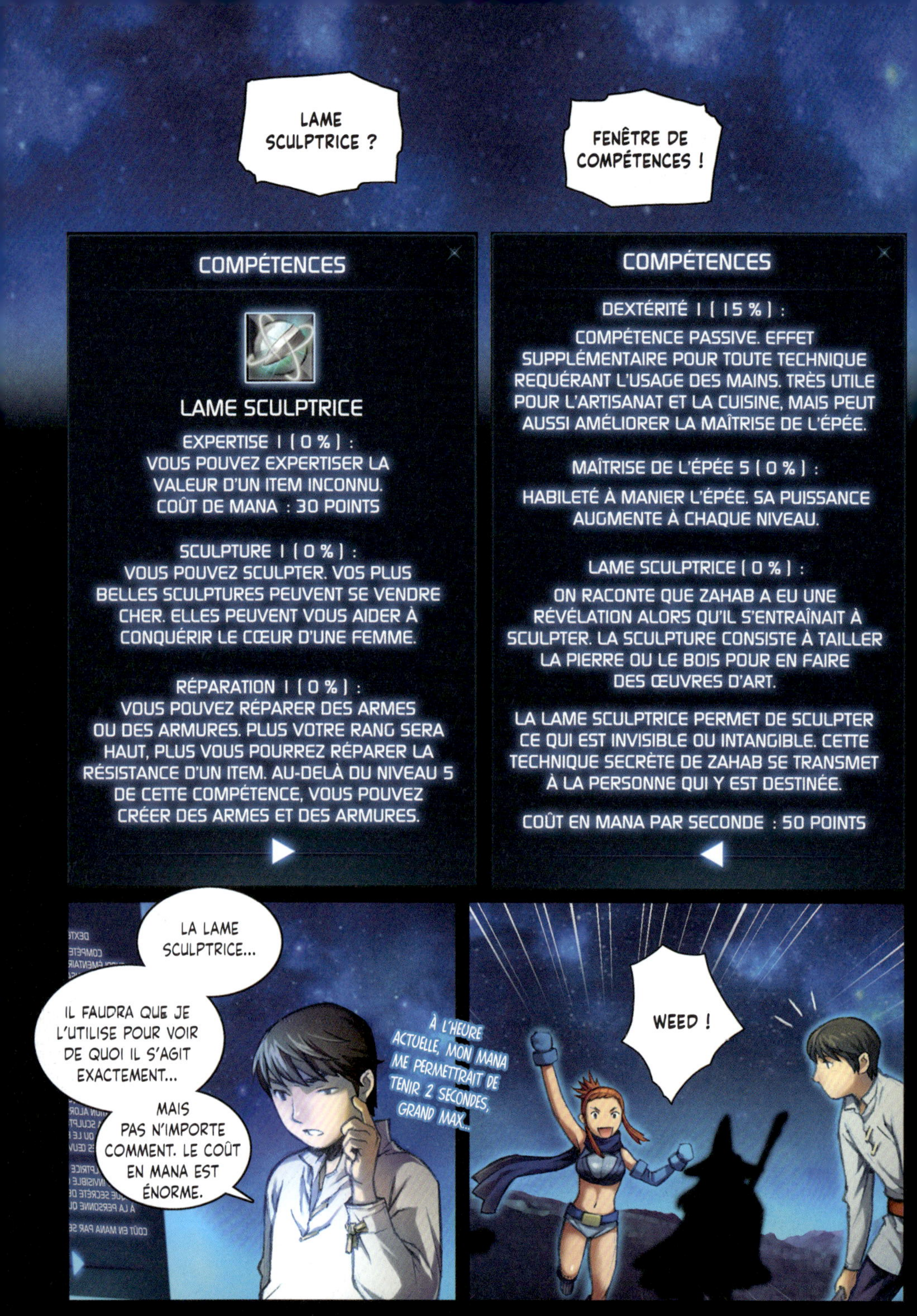
LAME SCULPTRICE ?
FENÊTRE DE COMPÉTENCES !
COMPÉTENCES
LAME SCULPTRICE
EXPERTISE 1 (0 %) :
VOUS POUVEZ EXPERTISER LA VALEUR D'UN ITEM INCONNU. COÛT DE MANA : 30 POINTS
SCULPTURE 1 (0 %) :
VOUS POUVEZ SCULPTER. VOS PLUS BELLES SCULPTURES PEUVENT SE VENDRE CHER. ELLES PEUVENT VOUS AIDER À CONQUÉRIR LE CŒUR D'UNE FEMME.
RÉPARATION 1 (0 %) :
VOUS POUVEZ RÉPARER DES ARMES OU DES ARMURES. PLUS VOTRE RANG SERA HAUT, PLUS VOUS POURREZ RÉPARER LA RÉSISTANCE D'UN ITEM. AU-DELÀ DU NIVEAU 5 DE CETTE COMPÉTENCE, VOUS POUVEZ CRÉER DES ARMES ET DES ARMURES.
COMPÉTENCES
DEXTÉRITÉ 1 (15 %) :
COMPÉTENCE PASSIVE. EFFET SUPPLÉMENTAIRE POUR TOUTE TECHNIQUE REQUÉRANT L'USAGE DES MAINS. TRÈS UTILE POUR L'ARTISANAT ET LA CUISINE, MAIS PEUT AUSSI AMÉLIORER LA MAÎTRISE DE L'ÉPÉE.
MAÎTRISE DE L'ÉPÉE 5 (0 %) :
HABILETÉ À MANIER L'ÉPÉE. SA PUISSANCE AUGMENTE À CHAQUE NIVEAU.
LAME SCULPTRICE (0 %) :
ON RACONTE QUE ZAHAB A EU UNE RÉVÉLATION ALORS QU'IL S'ENTRAÎNAIT À SCULPTER. LA SCULPTURE CONSISTE À TAILLER LA PIERRE OU LE BOIS POUR EN FAIRE DES ŒUVRES D'ART.
LA LAME SCULPTRICE PERMET DE SCULPTER CE QUI EST INVISIBLE OU INTANGIBLE. CETTE TECHNIQUE SECRÈTE DE ZAHAB SE TRANSMET À LA PERSONNE QUI Y EST DESTINÉE.
COÛT EN MANA PAR SECONDE : 50 POINTS
LA LAME SCULPTRICE...
IL FAUDRA QUE JE L'UTILISE POUR VOIR DE QUOI IL S'AGIT EXACTEMENT...
MAIS PAS N'IMPORTE COMMENT. LE COÛT EN MANA EST ÉNORME.
À L'HEURE ACTUELLE, MON MANA ME PERMETTRAIT DE TENIR 2 SECONDES, GRAND MAX...
WEED !

C'ÉTAIT DINGUE ! J'AI CRU QUE C'EN ÉTAIT FINI DE NOUS !
HÈ HÈ
JE N'AVAIS JAMAIS VU ÇA !
COMMENT C'EST POSSIBLE ? C'EST GRÂCE À TON ÉQUIPEMENT ?
LAISSE-MOI TE GUÉRIR !
J'AI RÉCUPÉRÉ UN PEU DE MANA.
TROP FORT !
MMH... C'EST CETTE ÉPÉE DE FER, PEUT-ÊTRE ?
C'ÉTAIT FASTOCHE. TOUT LE MONDE VA BIEN ?
PAS LE TEMPS DE BAILLER AUX CORNEILLES, SI ON VEUT MONTER EN NIVEAU !
ON S'Y REMET ?

DÉJÀ ?
ÇA VA ALLER, TOI ?
ÉVIDEMMENT ! CETTE FOIS, ON VA SPEED FARMER* !
*TERME DE JEU VIDÉO QUI DÉSIGNE L'ACTION DE RÉCOLTER DES RESSOURCES AFIN DE MONTER EN NIVEAU RAPIDEMENT.
ALLEZ !

QU'EST-CE QU'ILS ME VEULENT ? J'AI PAS LE TEMPS POUR ÇA, MOI.
[NOTIFICATION WEB]
[EXAMEN MÉDICAL]
CHER M. LEE HYUN,
VOUS AVEZ ÉTÉ SÉLECTIONNÉ COMME BÉNÉFICIAIRE DE LA LOI D'ÉVALUATION DE L'ALIÉNATION DOMESTIQUE. VEUILLEZ VOUS RENDRE À 17H À L'HÔPITAL QUI VOUS A ÉTÉ DÉSIGNÉ (HÔPITAL DE RÉHABILITATION SAEMAUL, VOIR PLAN CI-DESSOUS) POUR VOTRE ÉVALUATION PSYCHOLOGIQUE.
CENTRE SOCIAL DU QUARTIER XX.
PARCE QU'ON EST PAUVRE, ON DOIT SE SOUMETTRE À DES EXAMENS PSYCHOLO-GIQUES...
C'EST PAS CROYABLE !
MAIS JE NE PEUX PAS ME PERMETTRE DE PAYER UNE AMENDE. 50 000 WONS, ÇA FAIT COMBIEN DE TRANCHES DE LARD...?

C'EST ICI ?
TIENS ?

THE LEGENDARY
MOONLIGHT SCULPTOR

CHAPITRE 13

TUUT TUUT
GAH !
VROUUM
IL M'A FAIT PEUR !
VROUUM
AH !

MMH...
J'AI HALLUCINÉ ?
BON, FINISSONS-EN RAPIDEMENT POUR RETOURNER JOUER !
PFFT !
PSYCHANALYSTE
CHA EUNHEE

HA HA HA HA HA
PSYCHANALYSTE CHA EUNHEE
HMPF
PROFESSEUR ?
QUE SE PASSE-T-IL ?
CRIII
HA HA HA !
LISEZ ÇA ! HA HA !
EUH...
C'EST UN DE NOS QUESTIONNAIRES ?
J'AI MAL AUX JOUES.

1. Veuillez indiquer votre nom.

Lee Hyun

2. Quel est votre profession ?

Grand méchant qui menace la paix dans le monde.

3. Que faites-vous actuellement ?

Je remplis ce questionnaire.

4. Quels sont les trois évènements les plus marquants de votre vie jusqu'à maintenant ?

Avoir atteint le niveau max sur Continent of Magic, avoir joué plus de 200 heures d'affilée sans manger ni dormir et avoir vendu mon compte.

5. Que pensez-vous de nos politiciens actuels ?

On aurait tout intérêt à les exporter en Chine ou au Japon.

6. Quand avez-vous réalisé votre place au sein de la société ?

Après avoir regardé "La Planète des singes".

7. Comment vous décririez-vous en une phrase ?

Je suis un dragon.

J'atteste que les réponses à ce questionnaire sont les miennes.

Ouais !

Lee Hyun

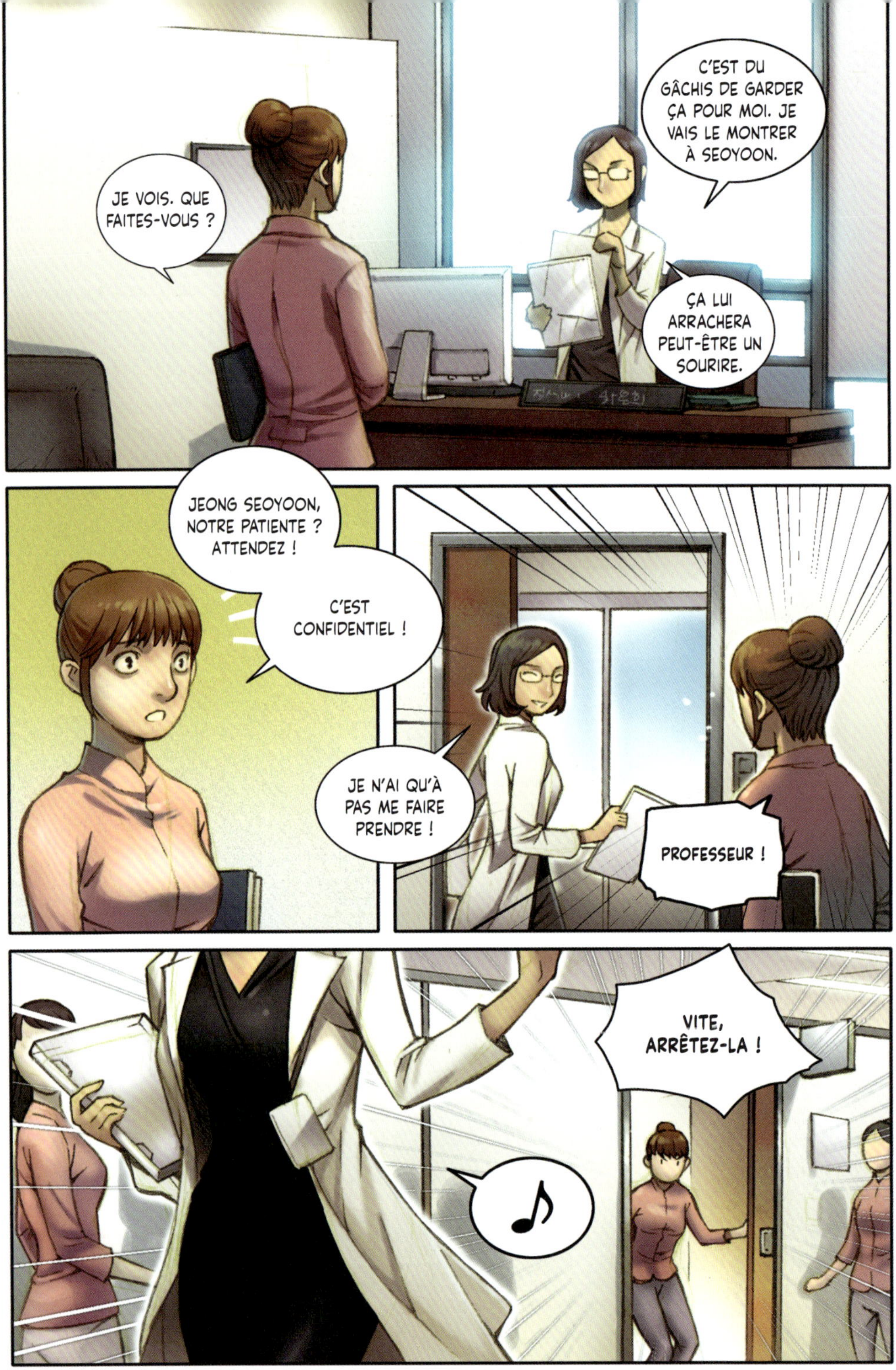
JE VOIS. QUE FAITES-VOUS ?
C'EST DU GÂCHIS DE GARDER ÇA POUR MOI. JE VAIS LE MONTRER À SEOYOON.
ÇA LUI ARRACHERA PEUT-ÊTRE UN SOURIRE.
JEONG SEOYOON, NOTRE PATIENTE ? ATTENDEZ !
C'EST CONFIDENTIEL !
JE N'AI QU'À PAS ME FAIRE PRENDRE !
PROFESSEUR !
VITE, ARRÊTEZ-LA !
♪

TING
12F
LA LA LA...
HOP !
BIP
WING
COUCOU, SEOYOON !

AH, TE VOILÀ.
ENCORE LÀ-DEDANS ?
QUAND POURRAI-JE TE VOIR SOURIRE ?

DING
SURKA : COUCOU, WEED !
TU ES ENCORE AU MÊME ENDROIT ?
RODRIAS
LE SAGE
WEED : OUI, TOUJOURS DEVANT
LA MAISON DE RODRIAS.
CRRT
CRRT
PAYLE : FIDÈLE AU POSTE.

CRRT CRRT
ROMUNA : ON SE RETROUVE CE SOIR DEVANT LA CITADELLE POUR CHASSER. TU SERAS DES NÔTRES ?
IRENE : VIENS AVEC NOUS !
WEED : NORMALEMENT, JE SERAI LÀ. À CE SOIR !
MMH...
PARFAIT. TERMINÉ !

FINALEMENT, CE N'EST PAS SI DUR.
C'EST JUSTE DOMMAGE DE DEVOIR UTILISER UN DE MES 15 POINTS DE STATS POUR UNE STATUETTE.
MAIS GAGNER EN DEXTÉRITÉ AUGMENTE AUSSI MA PUISSANCE D'ATTAQUE. ÇA COMPENSE.
ET PUIS, JE M'AMÉLIORE À VUE D'ŒIL.
MONSIEUR ! TOUT ÇA, C'EST À VENDRE ?
HEIN ?
CELLE-CI, C'EST UN LOUP ?
TROP MIGNON !
MOI, JE PRÉFÈRE LE RENARD À CÔTÉ.
J'AI PAS L'ÂGE QU'ON M'APPELLE "MONSIEUR"...

CLING
CLING
BIEN SÛR QUE C'EST À VENDRE !
2 PIÈCES LA STATUETTE !
2 PIÈCES D'ARGENT SEULEMENT POUR UN SI JOLI RENARD ? C'EST PRESQUE DONNÉ !
DONNEZ-M'EN DEUX DE CELLES-LÀ ET DEUX AUTRES COMME ÇA.
J'EN PRENDRAI GRAND SOIN !
HEIN ?
HÈ HÈ HÈ
JE PARLAIS DE 2 PIÈCES DE CUIVRE, ET ELLES ME DONNENT DE L'ARGENT ? QUELLE AUBAINE !
HI HI
DITES...
VOUS LES VENDEZ ?
J'EN VEUX UNE !
VOUS ACCEPTEZ LES COMMANDES ? JE VOUDRAIS UN RENARD À NEUF QUEUES.

DOUCEMENT, CHACUN SON TOUR ! FAITES LA QUEUE !
OH YEAH !
HUMPH...
D'OÙ SORT CET ÉNERGUMÈNE ? ET QUE FICHE-T-IL DEVANT CHEZ MOI ?
ÇA FAIT DES JOURS QUE JE N'AI PAS PU ME BALADER, À CAUSE DE LUI !
ODRIAS
LE SAGE

DEVRAIS-JE DEMANDER AUX GARDES DE LE CHASSER ?
ARGH ! MÊME EUX S'Y METTENT !
JE VOUDRAIS FAIRE UN CADEAU À MA FILLE...
TIENS ?

ON DIRAIT QUE LA PATIENCE DU SAGE A SES LIMITES. IL DOIT DEVENIR MARTEAU, ENFERMÉ LÀ-HAUT.
BIEN, QUE DITES-VOUS DE ÇA ?!
FLAP
ARF
MAIS C'EST... !

À SUIVRE...

CE N'EST PAS UN CHOIX TRÈS JUDICIEUX.
KIEEERGH !!
SHLAAAC
PAS MAINTENANT.

Directeur de collection : Pascal LAFINE
Coordinatrice : Lina LIANG
Supervision éditoriale : Léna PANZANI
Relecture-correction : Victoria JUILLARD
Traduction : Lya MAYAHI
Maquette & lettrage : Studio Charon
Conception graphique : Yohan JULIEN

Ce volume contient les épisodes 00 à 13.
Dépôt légal : juillet 2024
ISBN : 978-2-38288-197-2
Imprimé et relié en juin 2024
par Rotolito, en Italie

KBOOKS

Groupe Delcourt - KBOOKS -
8 rue Léon Jouhaux 75010 Pari

www.editions-delcourt.fr